ちくま学芸文庫

数学と文化

赤 攝也

筑摩書房

まえがき

現代の社会は急速に「情報化」しつつある．それに対応して，われわれの生活や意識もいやおうなく急速に変えられていく．

たとえば，「人工衛星」というものを考えてみよう．これの出現によって，われわれは，世界中の出来事を目の当りに見ることができるようになった．そのため，われわれの「ニュース」というものについての意識はかなりの程度変わってしまった．

また，われわれは，地球をとりまく雲の様子を鮮明に見ることができる．これによれば，台風は渦巻きである．もっとも，それは昔も理論的には渦巻きであった．しかし，現在は，それをこの目で見ることができるのである．人工衛星が気象学にもたらしたものがいかに大きかったかが推察できるであろう．

もう１つの例として「複写技術」の発達を見てみよう．われわれは，今や各種の資料や文献を，ごく簡単に，しかもほとんど現物そのままの形で手に入れることができる．昔はそれらの資料や文献を，手でもってこつこつと丹念に写し取らなければならなかったのである．それは，それこそ大変なことであった．その大変なことがまったく不要になったことによって，世の中の人たちの情報の伝達の仕方が一変したことは当然であろう．

以上は，社会の「情報化」のほんのわずかの例にしか過ぎない．そして，この「情報化」という趨勢が，今後もますます強まっていくことは間違いない．それにつれて，われわれの文化もまた大きく変わっていくことであろう．

ところで，「人工衛星」にしても「複写技術」にしても，それらを可能にしたのは「数学」である．もちろん，直接的には物理学や化学などの諸科学や，それらにもとづく諸技術が大きく関与したことであろう．しかし，そもそもそれらの科学そのものが数学なしにはあり得ないものであり，また，たとえあったとしても，これを実地に応用することはまったくできないことなのである．数学は，「情報化社会」のまさに主役だといわなくてはならない．

さて，話は飛ぶが，われわれはいわゆる「民主主義社会」にすんでいる．いうまでもなく，民主主義の根本は対話と討論とである．ところで，この対話や討論における主張は，感情的あるいは情緒的なものであってはならない．それらは，あくまでも論理的かつ体系的なものでなくてはならない．そのような主張を互いにぶつけ合い，理解し合い，必要とあれば互いに妥協することによって1つの結論に到達する，——これが民主主義のルールなのである．ところが，くわしいことははぶくが，実は，論理的・体系的に主張をまとめることができるためには，是非とも「数学的」な素養が必要なのである．

このように大きな力をもつ「数学」とは，一体何物であろうか．これが，われわれの文化の中でかくも重要な位置を占めるものである以上，その文化を理解するためには，この数学というものの性格の徹底的な究明がなされなくてはならないであろう．

本書は，私がかつて放送大学でおこなった「数学と人間生活」という講義のテキストにいくらかの手を加えてできたものである．その講義は，学生諸君に「数学とは何か」という問題を考えるための材料を提供することをその目標としていた．ところが，講義を進めるうち，私は，このようなことをもっと広い範囲の人々に是非知って頂かなければならぬと考えるようになった．あえて，本書を世に送るゆえんである．読者が，本書により，たとえ漠然としたものであっても，数学なるものについて何がしかの認識を得られれば，私の喜びこれに過ぎるものはない．

出版社筑摩書房，ならびにその島崎勁一，谷川孝一の両氏には，本書の出版に際して一方ならぬお世話になった．ここに深い感謝の意を表するものである．

1988 年 8 月

赤　攝也

目　次

1　数の形成

自然数がいかにして形成されたかを述べる．また，インド・アラビア記数法を他の種々の記数法と比較し，その長所について説明する．

数詞と数字

■自然数

数学ではいろいろの種類の数を取り扱うが，そのうちでもっとも基本的なのは，

$$1, 2, 3, 4, 5, \cdots$$

という数，すなわち「自然数」である．

これらは，1個，2個，3個，…という形で用いられる場合と，1番目，2番目，3番目，…という形で用いられる場合とがある．前者は，自然数が物の個数を表すのに用いられる場合で，このように用いられた自然数のことを「基数」という．また，後者は，自然数が物の順番を表すのに用いられる場合で，このように用いられた自然数のことを「序数」という．

しかし，あるものがたとえば5番目だということは，そのものとそれに先行するものとを合わせると，ちょうど5個になるということにほかならないから，自然数の序数

としての用いられ方は基数としての用いられ方の特別な場合であると見ることができる.

■数詞と数字

「いち」「に」「さん」…というような,個々の自然数の名前のことを「数詞」という.また,「1」「2」「3」…というような,個々の自然数を表す文字のことを「数字」という.さらに,各自然数に数詞をあたえるしくみのことを「命数法」といい,数字をあたえるしくみのことを「記数法」という.

すべての自然数にそれぞれ互いにまったく無関係な数詞や数字をあたえていくことは,不可能ではないにしても,決して有効なやり方とはいえない.そのような数詞や数字は決しておぼえきれるものではなく,ましてや使いこなせるものでもないからである.

そこで,ある「一定の数」までは互いに無関係な数詞や数字をあたえるが,あとはそれらの数詞や数字を何らかの形でくりかえして使う,という工夫が生まれる.これまでに人類が発明した命数法,記数法はすべてそのようなものである.

この種の命数法や記数法におけるその「一定の数」のことを,その命数法や記数法の「底(てい)」という.そして,たとえば底が10ならば,その命数法ないしは記数法は「10進法」であるという.もちろん,それが5ならば「5進法」,20ならば「20進法」である.

現代の諸先進国の命数法，記数法は10進法のものが圧倒的に多い．しかし，現代文明の大きな支柱であるコンピュータでは，その部品の性質にもっとも適合するという理由から，2進法の記数法が多く用いられている．

過去には，もっといろいろの底の命数法，記数法があった．6世紀から10世紀にかけて中央アメリカに栄えたマヤでは，20進法が用いられていたし，古代バビロニアでは60進法が用いられていた．また，ローマの記数法

I, II, III, IV, V, VI, VII, VIII, IX, X, …

は5進法である．そして，一般に，記数法は，それが成立した時期におこなわれていた命数法を濃厚に反映しているはずのものであるから，ローマでは古くは5進法の命数法が用いられていたのではないかと想像される．

■3という数

自然数は，現代文明に浴するわれわれにとってはごく日常的なものであるが，人類がこれらを獲得するまでには，実は長い長い道のりがあった．

ごく初期には，人々は1と2という数しか知らず，3以上は「たくさん」ということですませていたことがあったようである．

「3」を意味する英語のthree，ドイツ語のdrei，フランス語のtrois，ラテン語のtresなどの語源は，ラテン語のtrans（～を超えて）の語源と同じで，これらの数詞は「超えたもの」という意味のものであるとする有力な学説があ

る．もしこれが正しいとすれば，このことは，これらの言語を話す人たちの祖先が1と2しか数を知らず，3ないしはそれ以上を「人知を超える多数」としてしかとらえられなかった時期があったことを示している．

また，エジプト語，アラビア語，ヘブライ語，サンスクリット語，ギリシア語，ゴート語などの諸言語は，古い時代には「単数」「双数」「複数」の区別をもっていたことが知られている．「単数」とは1つのもの，「双数」とは2つのもの，「複数」とは3つ以上のものに対する語形である．この事実も，おそらく，極めて古い時代に，これらの言語を話す人たちの祖先が，1と2しか数を知らず，3以上を「たくさん」としたことの名残であろう．なお，この言語学的事実は，上に述べたthree，dreiなどの語源とは違って，インド・ヨーロッパ語族内の言語だけにとどまらないものである点に注意しなければならない．

さらに，現在もなお数詞として，「ひとつ」「ふたつ」「たくさん」に相当するものしかもたない民族が世界の各地に多数存在するのである．

これらのことから，過去のどの原始民族もまた，3ないしはそれよりも大きな数を，なかなか獲得し得なかったであろうと信ぜられる．

■指と手

文化が進むと，より多くのものを数える必要がおこる．家畜の頭数を数えなければならない．木の本数を数えなければならない．果実の個数を数えなければならない．このような必要性は，より大きな数を形成する方向への強烈な外的ストレスとしてはたらく．

人類が，いかにして自然数の概念を形成していったか，そのプロセスはわからない．それは，おそらく民族によって種々様々であったであろう．また，同一民族においても，そのプロセスは必ずしも整然としたものではなかったのではあるまいか．すなわち，たとえば，3 を「2 足す 1」として形成する一方，10 を 9 よりも先に何らかの方法で形成し，9 を「10 引く 1」として形成する，というふうな複雑なプロセスが多かったのではなかろうか．

しかしながら，数の形成のプロセスにおいて，「片手の指」ないしは「両手の指」ないしは「両手両足の指」を何らかの形で用いた民族がかなり多かったのではないかと想像される．それは，古い命数法や記数法に，5 進法，10 進法，20 進法のものが圧倒的に多いからである．

これらの命数法や記数法を生み出した民族では，たとえば次のようなことがおこなわれたのではあるまいか．すなわち，ものを勘定する際，勘定すべき対象を 1 つずつチェックしながら，指を 1 本ずつ折っていく（あるいは開いていく）．折る（ないしは開く）順序はあらかじめ定められている．そうすれば，最後に折られた（あるいは開かれた）指が，勘定すべきものの個数を表すであろう．または，片手ないし両手ないしは両手両足の「最終的な形」がその個数を表すであろう．

もし，その民族がまだ数詞も数字ももたない段階で，このようなことをおこなったとすれば，その民族は，数を表す符丁として，まず「数指」を用いたことになるわけである．あるいはまた，民族の中には，すでに何らかのプロセスで形成した数詞を口ずさみながら，そのような指を折る（開く）操作をおこなったものもあるかも知れない．

もし，このような勘定の仕方があったとすれば，その民族の命数法や記数法の底が最終的には5, 10あるいは20になる公算は極めて高い．たとえ，すでに別の起源をもつ数詞や数字が多少あったとしても，事情はあまり変わらないであろう．

古い記数法に，5進法，10進法，20進法が圧倒的に多い理由はこのようなことではないであろうか．

また，5を表す数詞に「手」という言葉を用いた民族がかなりあるという．さらに，ローマ数字のVは手の象形文字の変化したものであるという．これらは，上の推測の強力な傍証となるものである．

数概念の成立と命数法や記数法の成立との間には密接な関係がある．少なくとも，日常生活に必要のないような大きな数は，数詞や数字があってはじめて形成されるものだと考えられるからである．してみれば，多くの民族において，指は数の形成に極めて大きな役割を果たしたということができるであろう．

なお，指の代わりに

/ // /// //// ~~////~~ ~~////~~/ …

ないしこれと類似の印を用いることもかなり広くおこなわれたようである．われわれの知っている数字のうちには，このような印，ないしは「数指」の象形文字（の変化したもの）が非常に多い．

位取りの原理

■インド・アラビア記数法

今日，もっとも広く用いられている記数法は，たとえば「三百六十五」という自然数を，

365

のように書くもので，「インド・アラビア記数法」あるいは単に「アラビア記数法」とよばれるものである．

この記数法は10進法のものであるが，その根底には次のような原理がある．すなわち，

「同じ数字でも，位置が左へ1桁ずれると，それが表す数は10倍になる．」

この原理を「位の原理」または「位取りの原理」という．

今日，この記数法が世界を制覇しているのは，もちろん歴史的な理由もあるが，何といってもそれが非常にすぐれたものであるからである．

その最大の長所は，

0, 1, 2, 3, 4, 5, 6, 7, 8, 9

というたった10個の数字だけで,「すべての自然数」を表すことができるということであろう.

他の多くの記数法ではそうはいかない. たとえば, 昔から日本でおこなわれてきた「漢数字」を用いる記数法では, すべての自然数を表すためには, 原理的に「無限」に多くの数字が必要となる. 現在, 社会生活で用いられている漢数字は,

一, 二, 三, 四, 五, 六, 七, 八, 九

および,

十, 百, 千, 万, 億, 兆

の15個であるが, これらを使って表すことのできる自然数は, あきらかに

9999999999999999

（九千九百九十九兆九千九百九十九億
九千九百九十九万九千九百九十九）

までである. 周知の通り, その次の自然数は「一京」と書かれる. つまり, この記数法は, 数が大きくなるに従い, たえず新しい数字を補給する必要のあるものなのである.

■ローマ記数法

現在, アラビア記数法が極めて広く用いられている歴史的理由は, 現代文明の主流をなしているヨーロッパの文明が, かつてこの記数法を取り入れ, それまで採用していたローマ記数法を捨て去ったからである.

ローマ記数法では, 次のような数字を用いる.

I, II, III, IV, V, VI, VII, VIII, IX, X
L (50), C (100), D (500), M (1000), …

そして，たとえば自然数365のことを

CCCLXV

と書く．

この記数法が，漢数字を用いる記数法と同じく，原理的に無限に多くの数字を必要とするものであることはあきらかであろう．

ところが，これらの記数法は，実はさらに，それ以外にも非常に大きな欠陥をもっているのである．

インド・アラビア記数法によれば，極めてたやすく「筆算」ができる．すなわち，「加法九九」と「乗法九九」さえ知っていれば，どんな大きな数の四則算法でも，極めてたやすく処理することができる．しかし，漢数字を用いる記数法やローマ記数法によるときはそうはいかない．ちょっと考えれば，アラビア記数法による筆算と同じようにやればよさそうにも思われるが，実は，数字が多いために，九九を使うにしても少々頭を使わなければならないのである．つまり，「機械的」にはいかないのである．

そこで，日本でもヨーロッパでも，計算には「ソロバン」が用いられた．ところが，日本のソロバンは極めて優秀なものであったが，ヨーロッパのソロバンはアラビア記数法による筆算方法に太刀打ちできなかった．これが，ヨーロッパ人をしてアラビア記数法を採用せしめた最大の理由なのである．

■アラビア記数法の起源

アラビア記数法は，古代インドで発生した．アラビア記数法とよぶのは，アラビア人がインド人から受容したものを，ヨーロッパ人がアラビア人から受容したからである．

このユニークな記数法がどのようにしてインドで発生したのか．これについてくわしいことはわからない．しかし，かなり有力な推測がある．それを次に述べよう．

日本の命数法や記数法では，新しい数詞ないしは数字は，はじめのうちは十，百，千，万と10倍ごとに補給されるが，万からあとは，万，億，兆，京，垓（がい），…と10000倍ごとにしか補給されない．ところが，古代インドで用いられていた命数法はかなり面倒なもので，相当先まで，10倍ごとに新しい数詞が補給されるものであった．すなわち，たとえば，われわれならば

二千三百四十五万六千七百八十九

という場合に，インド人は，下線を引いた部分にすべて違った数詞を入れたのである．これではそれらの数詞はないに等しい．電話番号の棒読みとほとんど変わるところがないからである．そこで書く場合には，そのような中間の数詞に対する数字を全部省略して，

23456789

というふうに，主要な数字をただ並べる方法が成立したのではないか．——これが現在なされているもっとも有力な推測である．また，筆算をする場合には，中間の数字は邪魔でもあれば不要でもある．このようなことも，中間の数

字を省略して書く習慣を助長したのではないであろうか.

■零の発見

ただ, このようにして簡便な記数法が成立したとしても, それがどのような数にも適用しうるようなものになるためには, たとえば「三千六百五」のように欠けた桁のある数の書き方が確立しなければならない. ただ無思慮に, 中間の数字を省略して365としたのでは,「三百六十五」と区別がつかなくなってしまう. ではどうするか.

かの「零」は, まさにこの問題を解決しようとする努力の中で発見されたものである. インド人たちは, まず, 36·5と書いて, 欠けた桁を明示する方法を考えついた. この「·」がのちに「0」という形に変化したのである.

ところで, この記数法による筆算がおこなわれはじめると,

$$1+0=1,\ 1-0=1$$

というような規則がいろいろと発見される. すると, はじめは欠けた桁を埋めるための単なる記号にしかすぎなかったものが, 他の数と同格に足したり引いたりできる「零」という「数」を表す「数字」の性格をもつようになる.

こうして, インド人たちは, インド・アラビア記数法を完成させただけでなく,「零」という数をも獲得したのである.

■位取りの原理

位取りの原理をもつ記数法はほかにもあった．古代バビロニアの記数法と中央アメリカのマヤの記数法とである．これらがどのようにして発生したものであるかは，インド・アラビア記数法よりもさらにはっきりしない．また，両者とも，現代文明には伝えられることがなかった．

バビロニア文明はギリシア人によって継承され，それがアラビア人によって，さらにそれがヨーロッパ人によって継承されたわけであるが，不思議なことにギリシア人たちは，このすばらしい位取りの原理は継承しなかった．また，マヤ文明は周知のごとく，非常にすばらしいものであったにもかかわらず，後世には何物をも伝え得なかった不幸な文明である．

注　ここでは，「自然数」の形成についてしか述べなかったが，「分数」はインドにはじまる．もっとも，分数は古代中国にもあった．しかし，われわれが今日用いているものはインド起源なのである．すなわち，それが，アラビアを経てヨーロッパに伝えられ，今日にいたった．「小数」はバビロニアにあった．しかし，その伝統は断絶した．再発見されたのは16世紀になってからである．「マイナスの数」はインドにはじまり，アラビアを経てヨーロッパに伝わったが，なかなか認められなかった．「プラスの数」と対等な地位を得たのは17世紀からである．

2　代数学の効用

四則応用問題の算術的解法と代数的解法とを比較し，代数的解法が強力である所以を考える．また，記号化の他の意義についても考察する．

四則応用問題

■四則応用問題

小学校の算数に「四則応用問題」というのがある．これは，自然数，小数，分数および0の「四則」，すなわち「加法・減法・乗法・除法」で解ける具体的な問題のことで，これを課することにより算数の応用力をつけさせ，かつ数学的な考え方を養成しようというものである．したがって，必ずしも現実におこりうるものでなければならないというわけではなく，その目的に役立ちさえすれば，まったく架空のものでもよいのである．

ご存じの読者も多いとは思うが，念のためにいくつかのサンプルを掲げよう．読者は，解答を見る前に，小学生になったつもりでひとつ挑戦してみて頂きたい．いうまでもなく，中学校や高等学校ではじめて教わるような高級な手段は使ってはいけないわけである．

■問題 1

「大小 2 つの数があって，それらの和は 90，差は 14 である．それらの数を求めよ．」

〔解〕

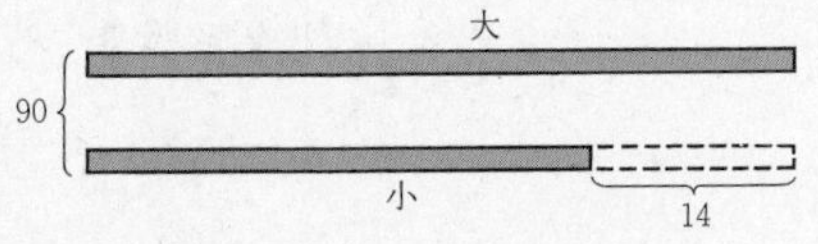

上の図からもわかるように，大と小との和 90 に，差 14 を加えれば大の 2 倍になる．だから，大は

$$(90+14)\div 2 = 52$$

小は，大から，大と小との差 14 を引いたものであるから，

$$52-14 = 38$$

答　大は 52，小は 38

■問題 2

「鶴と亀が合わせて 12 匹いる．足の総数は 34 本である．鶴，亀はそれぞれ何匹ずつか．」

〔解〕　亀の前足を 2 本ずつ引っ込めさせれば，鶴も亀も足が 2 本ずつとなるから，このときの足の総数は，2 に，鶴と亀の総数 12 を掛けたもの，すなわち

$$2\times 12 = 24 \text{（本）}$$

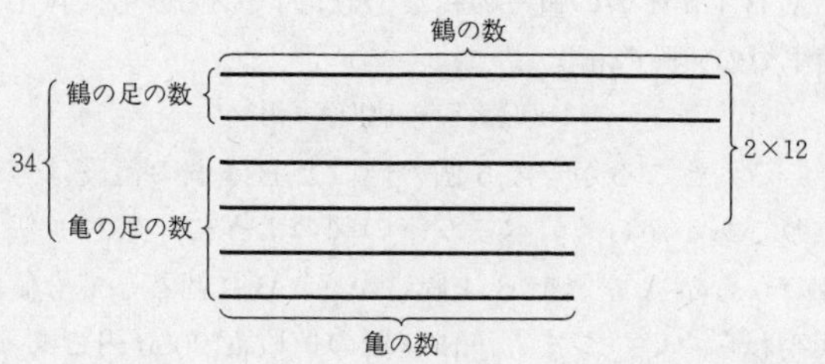

となる．しかし，実際の足の総数は34本なのであるから，引っ込めた足は，

$$34-24=10\ (本)$$

ところが，亀は2本ずつ足を引っ込めたのであるから，亀の総数は

$$10\div 2=5\ (匹)$$

鶴と亀は合わせて12匹いるのであるから，鶴の総数は

$$12-5=7\ (匹)$$

答　鶴は7匹，亀は5匹

■問題3

「A, Bという2つの品物がある．A5個の値段はB4個の値段に等しく，A, B1個ずつの値段の和は1800円である．A, Bはそれぞれいくらか．」

〔解〕

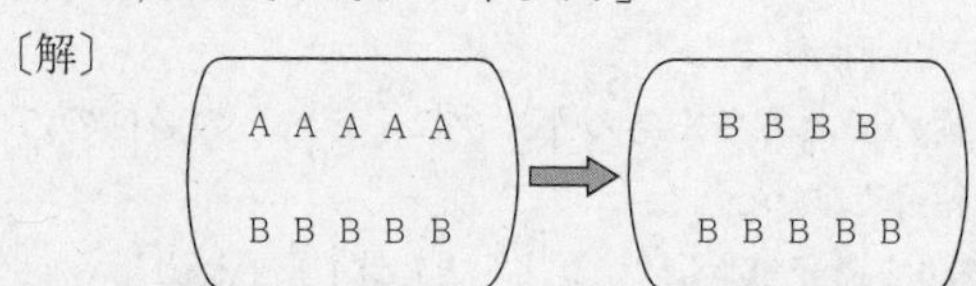

A, B 1 個ずつの値段の和は 1800 円であるから，A, B 5 個ずつの値段の和は

$$1800 \times 5 = 9000 \text{（円）}$$

である．ところが，A 5 個の値段と B 4 個の値段は等しいのであるから，前ページ下の図のように，A, B 5 個ずつのうちの A 5 個を B 4 個にかえ，B 9 個としても値段は変わらない．つまり，B 9 個の値段も 9000 円である．よって，B 1 個の値段は

$$9000 \div 9 = 1000 \text{（円）}$$

しかるに，A, B 1 個ずつの値段の和は 1800 円であるから，A 1 個の値段は

$$1800 - 1000 = 800 \text{（円）}$$

答　A は 800 円，B は 1000 円

■問題の類型

四則応用問題はいろいろの類型に分けられ，各類型には，それに属する問題のすべてに通用するような解法が工夫されている．上に掲げた問題の解答は，いずれも，それらの問題が属する類型に特有の解法に従ったものである．

各類型にはそれぞれ固有の名称がつけられている．上の問題 1, 2, 3 が属する類型はそれぞれ「和差算」「鶴亀算」「消去算」といわれる．

類型は極めてたくさんあるが，次に，それらの名称のごく一部を紹介しよう．

「帰一算」「還元算」「植木算」「旅人算」「流水算」…

昔は，テストで四則応用問題が出されたら，間髪を入れずに，それがどの類型に属するかを判定できるようにするため，きびしい訓練がなされたものであった．

代数学の発達

■方程式

中学校へ入ると代数が教えられる．昔の生徒たちは，この代数で方程式の使い方を教わると，何となく割り切れない気持ちになったようである．というのは，方程式を使うと，どんな四則応用問題も，極めて簡単に，何ら頭を使うことなく解けてしまうからである．なぜあんな馬鹿げた苦労をさせられたのだろう．——そういう気持ちがおこるのを禁じ得なかったのである．

実は，昔の四則応用問題の扱い方はたしかに異常であった．類型に分けるなどというようなことをせず，どの問題にも新鮮な気持ちで挑戦し，あれやこれやと工夫してみてこそ頭も柔軟になり，応用力も数学的な考え方も身につくのである．そこで，徐々に四則応用問題の扱い方は改善されていった．現在の算数では，類型にほとんど言及しない．

■代数的解法

さきにとりあげた四則応用問題を代数で解いてみよう．

《問題 1 の代数的解法》

大を x，小を y とすれば，大小の和は 90 であるから

$$x+y=90 \tag{1}$$

また，大と小との差は 14 であるから

$$x-y=14 \tag{2}$$

(1)と(2)の辺々を加えれば

$$2x=104$$

$$\therefore \quad x=52$$

(1)と(2)の辺々を引けば

$$2y=76$$

$$\therefore \quad y=38$$

答　大は 52，小は 38

《問題 2 の代数的解法》

鶴の数を x，亀の数を y とすれば，鶴と亀の総数は 12 であるから

$$x+y=12 \tag{1}$$

また，鶴の足の数は $2x$，亀の足の数は $4y$ で，これらの和は 34 なのであるから

$$2x+4y=34 \tag{2}$$

(1)の両辺を 2 倍すれば

$$2x+2y=24 \tag{3}$$

(2)と(3)の辺々を引けば

$$2y=10$$

$$\therefore \quad y=5$$

これを(1)に代入すれば

$$x+5=12$$

$$\therefore \quad x=7$$

答　鶴は 7 匹，亀は 5 匹

《問題 3 の代数的解法》

A, B の値段をそれぞれ x 円，y 円とすれば，A 5 個の値段と B 4 個の値段とは等しいものであるから

$$5x = 4y \tag{1}$$

また，A の値段と B の値段との和は 1800 円なのであるから

$$x + y = 1800 \tag{2}$$

(2) より

$$y = 1800 - x \tag{3}$$

これを (1) に代入すれば

$$\begin{aligned} 5x &= 4(1800 - x) \\ 5x &= 7200 - 4x \\ 9x &= 7200 \\ \therefore \quad x &= 800 \end{aligned}$$

これを (3) に代入すれば

$$\begin{aligned} y &= 1800 - 800 \\ &= 1000 \end{aligned}$$

答　A は 800 円，B は 1000 円

いかがであろうか．算数的解法にくらべて，断然簡単ではないであろうか．――代数の考え方がいかに強力なものであるかがわかるであろう．

■アラビアの代数

代数は，本来，既知数と未知数との関係から，未知数を

求める仕方を研究する分野である．

ヨーロッパ文明は，これをアラビアから学んだ．アラビア人は，インド人から学んで，これをさらに発展させたのである．

アラビアの代数は，$a, b, \cdots, x, y$ というような文字も，

$$+,\ -,\ \times,\ \div,\ =$$

というような記号もないもので，数字以外はすべて言葉ですませてしまうものであった．したがって，「方程式」もその解法も，すべて「文章」で表された．

アラビアの代数学者でもっとも有名なのはアルフワリズミ（Alkhwarizmi，780 ごろ-850 ごろ）という人で，『al-gabr と al-muquabalah の計算についての短い著作』という表題の著書がある．al-gabr とは「移項」ということ，al-muquabalah とは「同類項の簡約」ということであるが，これらが，「式」を簡単にするもっとも基本的な操作であることは周知のところであろう．このうちの al-gabr から，今日の「algebra（代数学）」という言葉が生まれたのであった．彼の上記の著書には，1 次方程式や 2 次方程式の解法があるが，それらは，今日われわれが知っているものと本質的にはほとんど同じものである．

■アルフワリズミの解法

たとえば，彼は，2 次方程式

$$x^2 + 10x = 39$$

を次のように解いている．すなわち，図 2-1 のように，

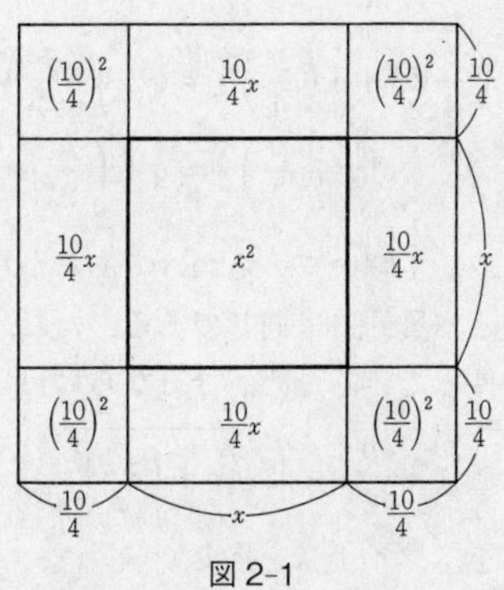

図 2-1

まず 1 辺 x の正方形を描き，その 4 辺に，高さ 10/4 の長方形をつけ加える．さらに，四隅に 1 辺の長さ 10/4 の正方形をつくる．そうすれば，ひとまわり大きな正方形ができるが，その面積は

$$x^2+4\left(\frac{10}{4}x\right)+4\left(\frac{10}{4}\right)^2=x^2+10x+25$$
$$=39+25=64$$

したがって

$$\left\{x+2\left(\frac{10}{4}\right)\right\}^2=8^2$$
$$\therefore\quad x+2\left(\frac{10}{4}\right)=8$$
$$\therefore\quad x=3$$

これは，2 次方程式 $x^2+px=q$ を

$$x^2+4\left(\frac{p}{4}x\right)+4\left(\frac{p}{4}\right)^2=q+4\left(\frac{p}{4}\right)^2$$
$$\left(x+\frac{p}{2}\right)^2=q+\left(\frac{p}{2}\right)^2 \qquad (1)$$

という形に変形して解いているわけであるから，今日のわれわれの方法と本質的には同じである．ただ，アルフワリズミは図形を使っているため，今日ならば(1)から

$$x+\frac{p}{2}=\pm\sqrt{q+\left(\frac{p}{2}\right)^2}$$

とするところを，マイナスを捨てて

$$x+\frac{p}{2}=\sqrt{q+\left(\frac{p}{2}\right)^2}$$

としてしまっている．実は，他の方程式の場合でも，彼の解法はすべて図形を用いるものであり，したがってつねに同じ欠点が含まれているのである．

しかしながら，未知数を機械的に求める学としての「代数学」を組織立て，かつこれを1冊の書物にまとめたことは，彼の偉大な功績であった．

■ヨーロッパの代数

代数がヨーロッパに渡ると，次第に方程式が記号化されていく．

アラビア人は，未知数を，「もの」という意味の schai という言葉，あるいは「根」という意味の dshidr という言葉，ないしはそれらの略語で表していた．そこで，ヨー

ロッパ人たちは，はじめ，その真似をして，「もの」という意味の res とか cosa という言葉，あるいは「根」という意味の radix という言葉，ないしはそれらの略語で未知数を表した．中には，アラビア人の使っていたものをそのまま使う人もあったが，これは一般的にはならなかった．しかし，代数学が発達するにつれ，未知数は次第に記号で表されるようになった．

他方，

$$+,\quad -,\quad \times,\quad \div,\quad =$$

などの記号も発明されて，方程式は次第に「式」らしくなっていった．

既知数をも記号化したのはヴィエタ（F. Vieta，1540-1603）である．彼は既知数を子音大文字，未知数を母音大文字で表した．今日のように，既知数を $a, b, \cdots$，未知数を $x, y, \cdots$ で表すのはデカルト（R. Descartes，1596-1650）の工夫である．

この既知数の記号化は，一見さほど大したことではないと思われるかも知れないが，決してそうではない．われわれは，上で，アルフワリズミの解法を，既知数を表す文字 p, q を使って表してみた．それによって，その解法が，p および $q+(p/2)^2$ が正の場合にはいつでも通用するものであることをはっきり認識することができたのである．もちろん，

$$x^2+px=q$$

というような「簡単な」方程式のときには，「例題」の解

法がどの範囲の方程式に通用するものであるかを知ることは，さほど難しいことではない．しかし，方程式が複雑になると，すなわち，3次方程式，4次方程式などになると，それが非常に難しくなってくる．このような場合，係数を記号化して

$$x^3+px^2+qx+r=0 \tag{1}$$

$$x^4+px^3+qx^2+rx+s=0 \tag{2}$$

などとし，「例題」の解法を p, q, r などを使って表してみることは，非常な偉力を発揮するであろう．

のみならず，係数を記号化した(1)，(2)のような式が得られれば，3次方程式や4次方程式の解法を探すことは，(1)や(2)という式を変形して，「根の公式」に到達する方法を見つけることに帰着する．

したがって，既知数の記号化は代数学に理論化する可能性をあたえたわけであり，決して小さなことではない．ヴィエタの功績は偉大であったというべきであろう．

3　ギリシアの幾何学

ユークリッドの『原論』の成立の過程，およびその構成の概要を紹介する．なお，無理量の発見が幾何学に与えた影響にもふれる．

エウクレイデス（ユークリッド）の『原論』

■ギリシアの幾何学

現代の数学の最大の特徴は，すべての理論を「演繹的体系」として構成することである．すなわち，「公理」とよばれるいくつかの基本的な命題から，他のすべての命題を「証明する」ということである．

ところで，この「演繹的体系」としての数学の理論の第1号は「幾何学」であった．古代ギリシア人が独力でこれを建設したのである．彼らは次のように考えた．まず，「公理」は自明なものでなくてはならない．また，どの「用語」もその意味が明確でなくてはならない．したがって，説明するまでもなくあきらかな用語は別として，そうでない用語は，あきらかな用語を使ってあらかじめ「定義」しておく必要がある．したがって，ギリシア人にとって「演繹的体系」とは，より正確にいえば，この意味での「定義」と「公理」とから他のすべてが証明されるような理論体系のことだったのである（現代の「定義」や「公理」

の意味は少し違う．後章を参照）．

すでに述べたように，バビロニア人，インド人，アラビア人などの諸発明にはすばらしいものがあるが，不思議なことに，彼らは，「証明」ということにはまったく無関心であった．

ギリシアの「幾何学」の起源はエジプトの「測量術」にある．エジプトでは，毎年ナイル川が氾濫し，田畑の区画が消えてしまった．それを復原する必要から，測量術が発達した．これは，いろいろの経験法則の集積である．ギリシア初期の学者タレス（Thales，前625ごろ-前546ごろ）は，エジプトに旅行してこの測量術を学んで帰り，これを理論的に研究しはじめた．これが幾何学のはじまりである．その発達のいきさつについてはあとで述べるが，タレス以後約300年の間に，いろいろの人たちの努力により，それはまことに見事な演繹的体系に成長していった．これを書物の形にまとめ上げたのがかのエウクレイデス（Eukleides，前300ごろ，英語名ユークリッド Euclid）である．その書物は『原論』とよばれる．次に，その概要について述べよう．

■『原論』の「定義」

『原論』ではまず「定義」が述べられる．それは，全部で23か条あるのであるが，ここではそのうちの8か条のみを引用し，ギリシア人のいう定義とはいかなるものかを察して頂くことにする．

1. 点とは部分のないものである．
2. 線とは幅のない長さである．
4. 直線とはその上の点に対して一様に横たわるがごときものである．
8. 平面上の角とは，相交わり，かつ一直線にならない2つの線の間の傾きのことである．
10. 1つの直線に対して，他の直線が2つの相等しい角をつくるとき，その角を直角という．
14. 1つあるいは1つ以上の境界によって囲まれたものを図形という．
15. 円とは，その内部にある一定点から，そこへ至る距離がすべて等しいような曲線によって囲まれた平面図形である．
23. 平行線とは，双方にどれだけ延長しても，どの方向においても交わらない2直線のことである．

なお，「定義」は，この23か条の他にも，理論展開の途中で，必要に応じ追加されることを注意しておこう．

■『原論』の「公理」と「公準」

「演繹的体系」において証明なしに用いられる基本的な命題は「公理」とよばれるが，それは後世のよび方であって，エウクレイデスはこれを「公準」と「公理」との2つに分けている．その区別の規準はあまりあきらかではないが，おおむね，「公準」は幾何学的性格のもの，「公理」はより一般的な性格のものということのようである．

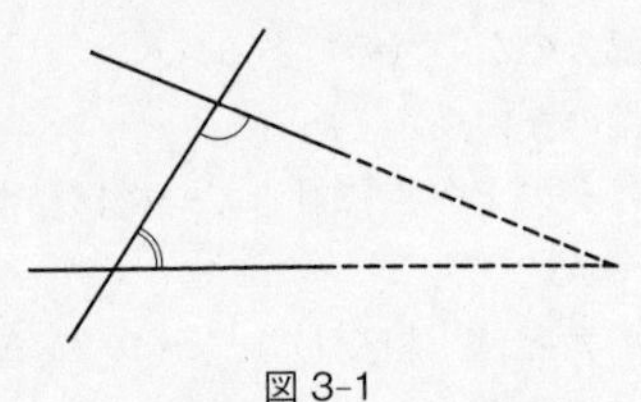

図 3-1

まず「公準」であるが，これは5か条ある．それらは次の通りである．なお，エウクレイデスのいう「直線」とはいわゆる「線分」のことである．

1. 任意の点より任意の点に直線を引くことができる.
2. 直線は延長できる.
3. 任意の中心および任意の半径をもって円を描くことができる.
4. 直角はすべて相等しい.
5. 1つの直線が2つの直線と相交わり，その片側にある2つの内角が，合わせて2直角よりも小なるとき，その2つの直線を限りなく延長すれば，その合わせて2直角よりも小なる角のある側において相交わる（図 3-1 参照).

「公理」は9か条ある.

1. 同じものに等しいものは相等しい.
2. 等しいものに等しいものを加えれば相等しい.
3. 等しいものより等しいものを取り去れば，残りは相等しい.
4. 等しくないものに等しいものを加えれば，全体は等しくない.

5. 同じものの2倍は相等しい.
6. 同じものの半分は相等しい.
7. 互いに他をおおうものは相等しい.
8. 全体は部分よりも大きい.
9. 2つの直線が面を包むことはない.

■『原論』の「命題」

『原論』は大そう不親切かつ無愛想な書物で，目次もなければ序文もない．まことに唐突に「定義」がはじまり，「公準」「公理」と続く．そして，何のことわりもなく本文がくる.

本文は「命題」の積み重ねであって，それらは「定理」ないしは「作図（問）題」である．ここでは，命題1のみをかかげ，エウクレイデスの筆の進め方を推察して頂くことにしよう.

命題1．あたえられた直線の上に等辺三角形（正三角形）をつくれ.

あたえられた直線をABとせよ．Aを中心，ABを半径として円を描け（公準3)．また，Bを中心，BAを半径として円を描け（公準3)．その（1つの）交点Cより，A, Bへそれぞれ直線CA, CBを引け（公準1)．Aは円BCDの中心だから

$$AC = AB \qquad (\text{定義 }15)$$

同様にして

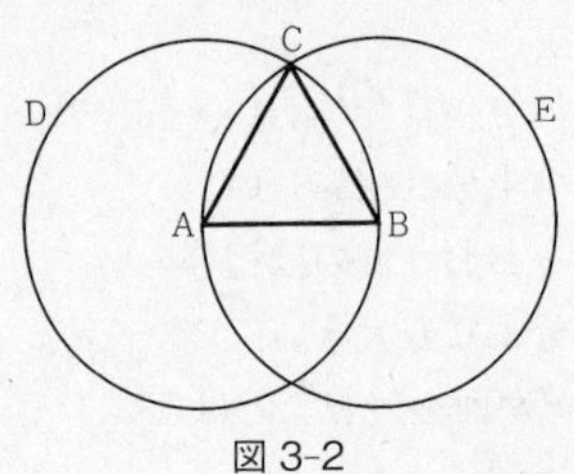

図 3-2

$$BC = BA \qquad (\text{定義 } 15)$$

しかるに，同じものに等しいものは相等しい（公理 1）．よって，

$$AC = BC$$

ゆえに，三角形 ABC は等辺三角形で，かつ直線 AB の上につくられている．これが作図すべきものであった．

エウクレイデスの『原論』，ないしはギリシアの「幾何学」がおおよそいかなるものであるかは，以上からほぼ察せられるであろう．

幾何学の成立

■ギリシアのポリス

ギリシアでなぜ「演繹的体系」としての幾何学がおこったか．これに答えることは難しい．「ギリシアの奇蹟」という人もあるくらいである．しかしながら，これと，ギリシア人の形成した都市国家「ポリス」の民主的な政治形態との間に何らかの関係があることはまず間違いのないところであろう．

民主主義の基礎は対話や討論である．対話や討論に際しては，まず自分の主張することの根拠をあきらかにしなければならない．そして，それにもとづいて論理的に結論を導き出してこなければならない．このような態度が必要となり，市民がそのための訓練をつむことになれば，これが「演繹的体系」を生むに十分な土壌となることはあきらかであろう．なお，このことに関し，「定義」「公準」および「公理」を意味するギリシア語が，いずれも対話や討論で慣用されていたものであると説く学者もあることを付記しておきたい．

■タレス

先に，タレスがエジプトの測量術を学び，これを理論的に研究しはじめたことがギリシア幾何学の発端となったことを述べた．彼は，次の諸命題を「証明」したと伝えられる．

(1)　2等辺三角形の両底角は相等しい．

(2)　2辺とそれらがはさむ角が等しい三角形は合同である．

(3)　2角とその間の辺の等しい三角形は合同である．

(4)　円周上の1点と直径の両端とを結ぶ2直線は直交する．

しかし，タレスの場合，「証明」といっても，それはエウクレイデスのそれのような厳格なものではなく，おそらくは「証明というに近いもの」であったであろう．

■ピュタゴラス

タレスの業績を受けついでそれを発展させたのはピュタゴラス学派，すなわちピュタゴラス（Pythagoras, 前 582 ごろ-前 500 ごろ）とその弟子たちである．彼らは幾何学的な諸命題を 1 つの演繹的体系の形にまとめ上げようと努力したようである．これについては，5 世紀の学者プロクロス（Proklos, 410-485）の次のような証言がある．

「ピュタゴラスがこの幾何学の研究を 1 つの自由教養の形に変換し，高所からこの学問の諸原理を考察し，……純粋に知的に諸定理を研究した．（伊東俊太郎氏訳）」

ここで，プロクロスのいう「ピュタゴラス」は，「ピュタゴラス学派」のことであることがわかっている．また，「自由教養」というのは，「労働をしなくてもよい人の，実用とは関係のない教養」のことである．それはそれとして，大切なことは，プロクロスがここで，ピュタゴラスが「この学問の諸原理を考察し，……純粋に知的に諸定理を研究した」といっていることである．この「諸原理」は，おそらく「定義」「公準」などの基本的な命題のことであろう．また，「純粋に知的に諸定理を研究した」というのは，「諸原理から純粋に論理的に命題を導出した」ということであろう．

しかし，これらの作業は容易なことではなかった．

■比のない線分

彼らははじめ，「点」は，ごく小さいがある大きさをもった粒であり，「線」はそのような粒をたくさん並べたものだと考えていたようである．したがって，彼らにとって，2 つの線分は必ず自然数と自然数の比をもつはずであった．

ところが，驚いたことに，自然数と自然数の比をもたない 2 つの線分が見つかってしまったのである．それは，長さ 1 の線分と，それを 1 辺とする正方形の対角線とであった．

いま，ABCD を 1 辺の長さが 1 の正方形とし，対角線 BD を引く．すると，ピュタゴラス学派自身の発見したいわゆる「ピュタゴラスの定理」により

$$\mathrm{BD}^2 = \mathrm{AB}^2 + \mathrm{AD}^2 = 1^2 + 1^2 = 2$$

$$\therefore \quad \mathrm{BD} = \sqrt{2}$$

ここで，かりに BD と AB が自然数と自然数の比 $m:n$ をもったとしよう．すると，

$$\sqrt{2} : 1 = m : n$$

だから

$$\sqrt{2} = \frac{m}{n} \tag{1}$$

この右辺の分数が約せるようなら約してしまって，既約分数にしておく．この両辺を平方して分母をはらえば，

$$2n^2 = m^2$$

よって，m は偶数である．そこで，

$$m = 2m'$$

とおけば

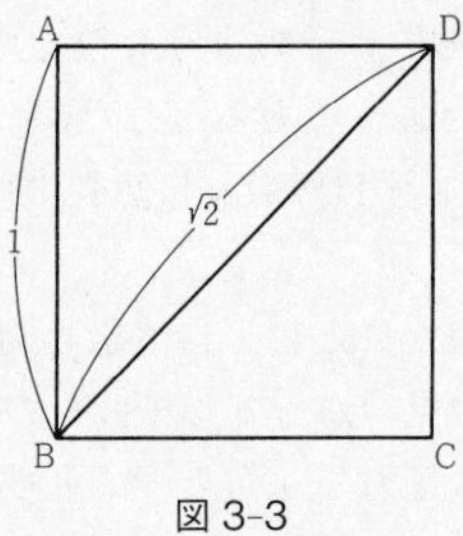

図 3-3

$$2n^2 = 4m'^2$$

$$\therefore \quad n^2 = 2m'^2$$

すると，n もまた偶数となるが，これは，(1)の右辺が既約分数であることに矛盾する．よって，$\sqrt{2}:1$ は自然数と自然数の比に等しくはならない．

このことは，点が「粒」ではあり得ないことを示している．実は，『原論』に掲げられている定義

1. 点とは部分のないものである．
2. 線とは幅のない長さである．

は，まさしく，ピュタゴラス学派の，このような深刻な難局を打開しようという努力の結果として生まれ出たものであろうと思われるのである．

ピュタゴラス学派の仕事を受けついだのは，プラトン(Platon，前 427-前 347) とその学園アカデメイアの人たちであった．『原論』の内容は，彼らの努力により，ほぼでき上がったと考えられている．

4　幾何学的精神

ユークリッドの『原論』は西欧の合理主義に強い影響をあたえてきた．パスカルの『幾何学的精神について』その他を引きながら，このことを説明する．

パスカルの『幾何学的精神について』

■ヨーロッパ人と幾何学

演繹的体系としてのギリシアの幾何学は，ルネサンス後のヨーロッパ人たちに極めて強い印象をあたえたようである．そこでは，まったく自明と思われるごく少数の命題をもとにして，他のすべての命題が証明される．その中には，非常にきれいな定理や作図題が数え切れないほどある．あっと驚くようなものも少なくない．また，一見しただけでは本当かどうかわからないものさえある．

これが，ヨーロッパ人たちに，人間の知性のもつすばらしい可能性を教えたのである．彼らは，人間にはこのようなことまでできるのかと感嘆した．と同時に，それまでに彼らがなじんできた中世の諸学，とくに哲学が，極めて独断的なものだとさとらざるを得なかった．

学問は，すべからく，ギリシアの幾何学のようなものでなくてはならぬ．──これが，知識人たちの共通の認識となっていった．これを「数学的合理主義」という．

もちろん，このような認識が一挙に支配的となったわけではない．はじめは，それはごく少数の思慮深い人たちの「感懐」にすぎなかった．それが，しだいにヨーロッパ精神の中核の1つにまで高まっていったのである．

そのような「感懐」の中でもっとも有名なものの1つに，パスカル（B. Pascal，1623-1662）の『幾何学的精神について』という小品がある．次に，これのあら筋を紹介しよう．

■もっとも理想的な論証方法

『幾何学的精神について』は，「幾何学的，すなわち方法論的な完全な論証の方法について」という第1部と，「説得術について」という第2部とから成り立っている．まず，第1部から見ていこう．

真理を所有しているときに，これを論証するのには，幾何学が守っているものを守る以外にない．本物の論証を提供するのは，幾何学ないしはそれを手本とするものだけであって，他のすべての学問は何らかの混乱を含んでいる．

もっとも，幾何学が採用している論証の方法よりも，さらにすぐれた，さらに完結的な方法が想像されないわけではない．幾何学では，いくつかの用語を定義しないままに残し，いくつかの命題を証明しないままに残すが，「あらゆる」用語を定義し，「あらゆる」命題を証明することができれば，それこそ，それ以上完全なものはない論証が得られるであろう.

しかしながら，そのようなことは「原理的」に不可能である．ある用語を定義するのには，他のいくつかの用語を使わなければならず，それらの用語を定義するのには，また別の用語を使わなければならない．つまり，このような操作には際限がないわけである．また，そのような操作は，「実際上」も不可能である.

すなわち，ある用語を定義し，それに使った用語をまた定義し，という具合にどんどんさかのぼっていけば，ついには，それよりもあきらかなものがないほどあきらかな用語に到達してしまう．そのようなものを定義することはできないであろう.

命題についてもまったく同じことがいえる.

したがって，「あらゆる」用語を定義し，「あらゆる」命題を証明する方法は，一見理想的なものに思えるけれども，原理上も実際上も実行不可能であり，結局，幾何学でとられている方法こそ，もっとも完全なものといわざるを得ない.

パスカルは以上のように述べて，およそ真理を論証する方法として，幾何学が用いている方法ほどすぐれたものはないと主張する．その議論にはかなり強引なところもないではないのであるが，ギリシアの幾何学がパスカルにいかに強い影響をあたえたかが十分に察せられるのである.

■説得術

パスカルは，第２部で「説得術」を論ずる．次に，その主張を聞いてみよう．

そもそも，人間がいろいろの意見を受け入れるのには，２つの入り口がある．すなわち，悟性と意志とである．しかし，人は論証された真理しか承認すべきではないのであるから，悟性の門のほうがより正当である．だが，人はなかなか証明によって信じようとはせず，むしろ興味によってすることが多いから，意志の門のほうがより普通である．

だから，人を説得するのには，「説き伏せる術」と「気に入られる術」の２つがある．しかし，後者は非常に難しい．人が何を気に入るかは，人によって異なるし，同じ人でも時間によって変化する．また，男性と女性とはあきらかに違った楽しみをもっているし，富者と貧者，老人と若者，健康人と病人などについても同じことがいえる．人に気に入られるには，これらを十分にわきまえ，さらに，各個人に特有の楽しみを時にのぞんで敏速に察知しなくてはならない．これは，極めて難しいことではないであろうか．少なくとも，私パスカルにはとてもできない．

しかし，「説き伏せる術」は可能である．基礎的な原理さえ確実に承認してもらえさえすれば，それから引き出されるいかなる事柄もまた，必然的に承認してもらえるはずだからである．

この「説き伏せる術」は，「方法論的な完全な論証の方法」にほかならないのであるが，以下に，これをごく少数の規則に要約して示そう．

〈定義に関する規則〉

1. それよりもはっきりした用語がないくらいあきらかなものは，これを定義しようとしないこと．
2. いくぶんでも不明もしくはあいまいなところのある用語は，定義しないままにしておかないこと．
3. 用語を定義するに際しては，完全に知られているか，もしくはすでに説明されている言葉のみを用いること．

〈公理に関する規則〉

1. 必要な原理は，それがいかに明白ではっきりしていても，決して，承認されるか否かを吟味しないままに残さないこと．
2. 完全に自明なことがらのみを公理として要請すること．

〈論証に関する規則〉

1. それを証明するために，より明白なものをさがしても無駄なほど自明な事柄は，これを論証しようとしないこと．
2. 少しでも不明なところのある命題は，これをことごとく証明すること．そして，それらの証明にあたっては，極めて明白な公理，もしくはすでに承認せられたかあるいは証明された命題のみを用いること．
3. 定義によって限定された用語のあいまいさによって

誤られないために，常に心の中で定義された名辞の代わりに定義そのものをおきかえてみること．

■反批判

パスカルは続ける．——このような方法は，別に新しいものではないという人もあるであろう．しかし，同じことをいう人が，すべてそれらのことを同じように把握しているとは限らない．私パスカルは，この方法の真価を本当に知っているのは，少数の数学者だけであろうと思っている．なるほど論理学者の中には，これらの法則をその著書の中に書いておいたと主張するものもあるであろう．しかし，彼らは，たくさんの規則の中にそれらをまぜて書いているのであって，本当はこれらの規則「だけ」で十分なのだということを認識してはいないのである．

ダイヤモンドとがらくたとの混合物をもち，どれがダイヤモンドだかわからないでいる人と，ダイヤモンドだけを，それと知ってもっている人との間に，いかに大きな違いがあることか．

また，この方法が非常にやさしいものだとか，幾何学にしか役に立たない特殊なものだとかいう人もあるかも知れない．しかし，決してそうではないのである．

目下，この方法を活用しているのが幾何学だけだということは，これまでに真の論証を獲得し得たのが幾何学だけだということなのである．真の論証を獲得する方法はこれしかないのであり，この方法の難しさは，真の論証を獲得することの難しさそのものにほかならないといってよいであろう.

――幾何学的方法に対するパスカルの評価の高さを思うべきである.

デカルトの『方法序説』

■デカルト

デカルトはパスカルと同時代の人で，周知のごとく近世哲学の父とよばれる人であるが，実は彼の考えもまた，ギリシアの幾何学から極めて強い影響を受けているのである.

彼は若くしていろいろの学問を学んだが，結局，満足すべき教説は1つもないと結論せざるを得なかった．ただ，数学だけは，その論拠が非常に確実かつ明白なので気に入っていた．だが，数学の基礎があれ程しっかりとしてがんじょうであるのに，その上に建てられた建物があまり高くないのが不思議であった.

やがて彼は，知りうる限りの真理を知りつくすための「方法」を求めることが，すべてのものに先立ってまず第一になされなければならないことであると考え，その研究にとりかかった．その成果を述べたのが有名な『方法序説』，くわしくは『理性を正しく導き，諸学における真理を探究するための方法の論説』である.

彼の「方法」は，その第2部に述べられている．以下に，その概要を紹介したいと思うが，そのためには，ほん

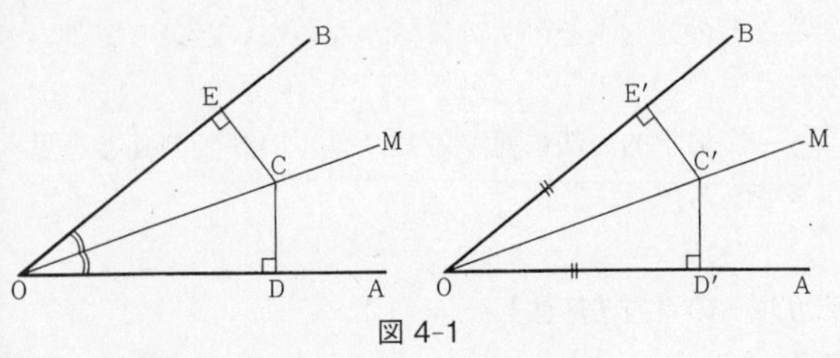

図 4-1

の少々準備をしておかなければならない.

■幾何学の「解析」

幾何学には「解析」という方法がある. それは, 次の問題の解に用いられているような方法である.

〔問題〕 あたえられた角の 2 等分線を描け.

〔解〕 あたえられた角を AOB とし, 求める 2 等分線 OM が引けたとする. OM の上の任意の点 C から OA, OB に垂線 CD, CE を引く. すると直角三角形 ODC と OEC とにおいて

$$\angle COD = \angle COE$$

$$OC \text{ は共通}$$

よって, 直角三角形の（斜辺と 1 角の）合同条件から,

$$\triangle ODC \equiv \triangle OEC$$

$$\therefore OD = OE$$

そこで, OA, OB 上に

$$OD' = OE'$$

となるように点 D′, E′ をとり, D′, E′ でそれぞれ OA, OB

に垂線を立てる．そして，その交点を C′ とし，OC′ を結ぶ．すると，直角三角形 OD′C′ と OE′C′ とにおいて，

$$\mathrm{OD'} = \mathrm{OE'}$$
$$\mathrm{OC'}\text{ は共通}$$

よって，直角三角形の（斜辺と1辺の）合同条件より

$$\triangle \mathrm{OD'C'} \equiv \triangle \mathrm{OE'C'}$$
$$\therefore \quad \angle \mathrm{C'OD'} = \angle \mathrm{C'OE'}$$

したがって，OC′ は∠AOB の求める2等分線である．

——つまり，問題を解くのに，未知のものが得られたとして逆に推論をすすめ，それがどのようなものであるかをあきらかにし，それを求める；これが「解析」なのである．

これは，代数学の方法と極めてよく似ている．すなわち，代数学では，未知数を x で表し，それがどのような方程式を満たすべきかを調べ，その方程式から x を求める．つまり，どちらも，「未知のものを分析して求める」という，同じ考えにもとづく「発見法」なのである．

■デカルトの「方法」

デカルトは『方法序説』第2部で次のようにいう．知りうる限りのものを知りつくす「方法」を求めるにはどうすればよいか．——私は，若いころ，哲学の分野では，論理学を，数学の分野では幾何学の解析と代数学とを学んだ．これらが，私の計画に何らかの役に立つのではないかと思われた．

しかし，論理学には，有用なものも含まれてはいるが，無用なものも多く，それらをえりわけるのが非常に難しい．また，幾何学の解析は，図形の考察に限定されているので，理解力をはたらかせようとすると，想像力をやたらに疲れさせる．また，代数学は，一定の規則や記号の使い方に盲従させられるために，ごたごたしてわかりにくい．そこで私は，これらの3つの学問の利点を含み，欠点を含まないような何かほかの方法を探さなければならないと考えた．

こうして得られたのが，次の4つの準則である．

1. 私があきらかに真であると認識したもの以外のものは，決して受け入れないこと．
2. 問題のおのおのを，できるだけ多くの，うまく解決するのに必要なだけの大きさの小さな部分に分けること．
3. 認識しやすい単純なものから複雑なものへと，順序をおって考えをすすめること．もともと前後関係のないものにも順序を想定して考えること．
4. たえず完全に数え上げ，満遍なく見なおして，何も見落とさなかったと確信できるようにすること．

■デカルトと幾何学

上の記述からもわかるように，デカルトは，「論理学」と「幾何学の解析」と「代数学」とから上の「方法」を考案したのであるが，これを述べた直後に次のようなことをいっている.

幾何学者たちは，どんなに難しい証明をも，極めて単純なやさしい推論を1つずつ積み重ねていくことによってなしとげるが，このことを見て私は次のようなことを考えた．どんなものでも，人間が知りうるものは，すべてこれと同じ具合につながり合っているのであり，どんなに遠くはなれたものにでも，またどんなに隠されていると思われるものにでも，同様の方法で，しまいには必ずたどりつくことができる，と.

つまり，デカルトにとって，幾何学的真理は真理の典型なのである．したがって，彼の「方法」は，そのような真理を発見するための方法として考え出されたものにほかならない.

彼の考えの根幹は，まさしく「数学的合理主義」だということができるであろう.

5　解析幾何学

解析幾何学は，幾何学を代数的に研究しようというものである．その基本的な考え方と概要とを紹介し，その意義について考える．

デカルトの代数学

■ヴィエタの代数学

デカルト以前の代数学は非常に不便なものであった．前章でわれわれは，デカルトが代数学について，「一定の規則や記号の使い方に盲従させられるために，ごたごたしてわかりにくい」と述べたことを紹介したが，そのころの代数学は実際そういわれても仕方のないものだったのである．

デカルトの先輩にあたる数学者ヴィエタは，前にも述べたように「既知数」の記号化を考え出した大功労者であるが，彼は，記号の幾何学的な意味を非常に重視したため，極めて窮屈な規則を設定せざるを得なかった．

彼は，数を表すのに大文字 $A, B, C, \cdots$ を用いる．そして，子音文字で既知数を表し，母音文字で未知数を表す．ただし，ここで大切なことは，彼にとってそれらの文字の表す数は，同時に線分の「長さ」でもあったということである．

したがって，数の積を表す AB や CD というような表現は長方形の「面積」を表し，ABC や CDE というような表現は直方体の「面積」を表すものであった（$ABCD$ や $CDEFG$ というような表現は，もちろん目に見える量は表さないが，しかし，それぞれ「4 次」および「5 次」の量を表すものと解された）．

その結果として，$A+B$ とか $AB-CD$ のような式はよいが，$A+BC$ とか $AB-ACD$ のような式は，書くことがゆるされないことになってしまう．そもそも長さと面積を加えたり，面積から体積を引いたりすることはできないからである．つまり，彼の代数学においては，多項式の各項はすべて「次数」の等しいものでなければならなかった．これを「同次の規則」という．

また，上では説明の都合上，A と B との積を現代風に AB と書いたが，実は彼の代数学には，まだこのような記法はなく，彼はこれを A in B と書いていた．さらに 2 乗や 3 乗等々に対する記号も欠けていた．未知数 A の 2 乗は A quadratum，3 乗は A cubus，また既知数 B の 2 乗は B planum，3 乗は B solidum などと，すべて言葉で書いたのである．だから，たとえば今日ならば

$$A^2+B^2+C^2+AB+BC+CA$$

と書くところを，彼は

$$A \text{ quadratum} + B \text{ planum} + C \text{ planum}$$
$$+ A \text{ in } B + B \text{ in } C + C \text{ in } A$$

と書いたわけである．もっとも，長い綴りは多少省略して

は書いたが，いかにも見にくいものであることは否定できないであろう．

以上をもって見れば，デカルトの上記の評言も，まことにもっともなものであったというべきではあるまいか．

■デカルトの工夫

実はデカルトは，代数学のこの欠陥を何とか克服しようと努力した．そして，非常な成功をおさめたのである．

まず彼は，ヴィエタの文字の使用法をあらため，既知数を a, b, c などで，また未知数を x, y, z などで表すこととした．小文字は書きやすいし，既知数と未知数を子音文字と母音文字で区別するのはわかりにくいからである．デカルトのこの方法はその後広くおこなわれるようになり，今日に至っている．

また，今日われわれは2乗，3乗，…を表すのに，a^2, $a^3, \cdots; x^2, x^3, \cdots$という記法を用いるが，実はこれもまた，彼の発明なのである．

さらに彼は，例の窮屈な「同次の規則」を有名無実のものにすることに成功した．すなわち彼は，$ab, abc, \cdots$のような表現はもとより，$a/b, \sqrt{a}$のような表現でさえも，すべて「長さ」を表すものと解釈できることに気がついたのである．

鍵は「単位の長さ1」を設定することであった．つまり，それはこういうことなのである．長さ a, b に対し，比例関係

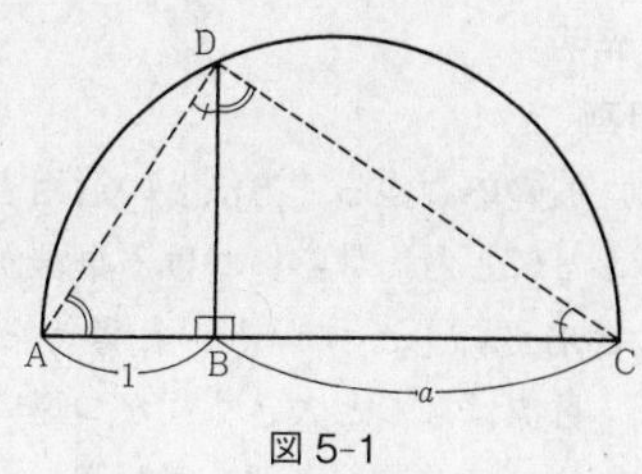

図 5-1

$$1 : a = b : x$$

を満たす長さ x を求めれば，それが ab にほかならない（外項の積が内項の積に等しいことから知られる）．また，比例関係

$$b : 1 = a : x$$

を満たす長さ x を求めれば，それが a/b にほかならない．さらに，図のように，

$$\mathrm{AB} = 1, \quad \mathrm{BC} = a$$

とし，AC を直径とする半円を描き，B で AC に垂線を立て，それと半円との交点を D とすれば，BD の長さはまさしく $\sqrt{a}$ となるであろう（読者は図 5-1 を見て，その理由を考えてみられたい）．

こうして，デカルトは，あらゆる表現が長さを表すものと解釈できる以上，どのような式も必然的に「同次の規則」を満たしているといえることを知った．これが，代数学をいかに自由なものにしたかはいうまでもあるまい．

解析幾何学の発明

■デカルトの計画

デカルトは，彼のいわゆる「方法」の適用を，まず数学からはじめることにした．数学における真理が，もっとも単純で，もっとも認識しやすいものと考えられたからである．ただし，目標はもっと大きく，かつ遠いのであるから，それが，自分の精神に，真理を楽しみ，いつわりの推理で満足したりしない習慣をつけてくれる以上のことは期待しなかった．

ところが，彼はここで大成功を収めたのである．彼は，幾何学的解析が扱う「量」すなわち「長さ」と，代数学が扱う「数」とが本質的に同じものであることに注目し，「幾何学的解析と代数学とのよい所をとり，一方の欠陥を他方によって正そう」と考えはじめた．この計画がすばらしい実を結んだのである．

幾何学的解析の長所は直観が利用できる点にある．しかし，その欠点の1つは，なかなか機械的にはいかないことである．すなわち，一々の場合について工夫をこらさなければならないことである．もう1つの欠点は，その用途がほとんど「作図題」に限られることである．

もちろん，「定理」の発見が類似の形でおこなわれることは珍しくないであろう．すなわち，たとえば「定理らしき命題」の「結論」から出発して次々に十分条件を探していき，遂にその命題の「仮定」に到達することに成功して証明が得られる，というようなことはしばしばあるであろう．

しかし，それは数学的な思考の一形態であって，もはや「発見法」などというものではない．すなわち，「用いる」というようなものではなく，必然的に「おこなわれる」ことなのである．

したがって，上に述べたように，方法としての「幾何学的解析」の用途は，ほぼ「作図題」に限られるというのが常識的であろう．

他方，代数学の長所は，機械的でしかもすべてに通用する解法があるということである．しかし，「直観」がきかないということは，何といってもその大欠点だといわなければならない．

では，「これらのよい所をとり，一方の欠陥を他方によって正す」にはどうすればよいか．

デカルトは，すばらしいことを考えついた．それがいわゆる「解析幾何学」なのである．これは，わかりやすくいえば「座標を利用する方法」にほかならない．次に，それについて述べよう．

■解析幾何学の基礎

デカルトは，解析幾何学の基礎になる考え方を，具体的な例を使って説明している．しかし，その例はやや複雑すぎるので，これをよりわかりやすい例でおきかえて紹介しよう．

いま，中心M，半径cの円を考える．任意に直線X′X

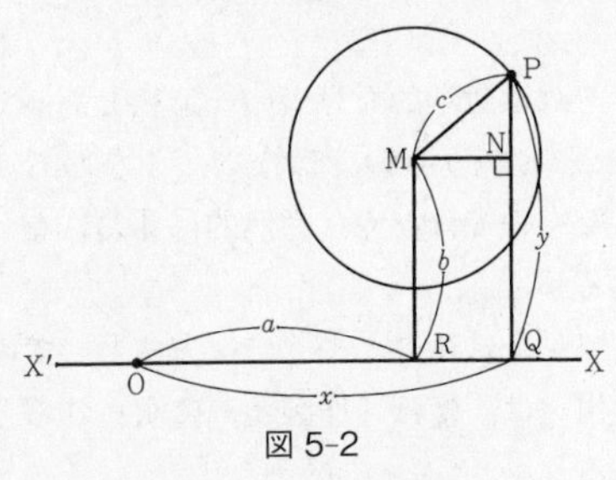

図 5-2

を取り，その上に任意に点Oを選ぶ．円上の任意の点PからX′Xにおろした垂線の足をQとする．OQ, QPは未定かつ未知の量であるから，それぞれx, yとおく．また，MからX′Xにおろした垂線の足をRとする．OR, RMは既知の量であるから，それぞれa, bとおく．MよりPQにおろした垂線の足をNとし，MPをむすぶ．すると，△MNPは直角三角形であるから，ピュタゴラスの定理により

$$\mathrm{MN}^2+\mathrm{NP}^2 = \mathrm{MP}^2$$

ところが，

$$\mathrm{MN} = x-a, \quad \mathrm{NP} = y-b, \quad \mathrm{MP} = c$$

であるから

$$(x-a)^2+(y-b)^2 = c^2 \tag{1}$$

つまり，円上の点Pによって定まるx, yはつねにこの方程式を満たす．逆に，円上にない点Pから定まるx, yはこれを満たさないことがすぐわかる．したがって，あたえられた円は(1)という方程式によって完全に表されたとい

ってよいであろう.

このようにして，平面上の曲線はすべて1つの方程式で表される．逆に，このような方程式にも，それで表される曲線があることはあきらかである.

図形と方程式とのこの対応関係は，任意の直線X′Xとその上の任意の点Oを媒介としておこなわれる.これの取り方はあきらかに任意であるが，それらの取り方によって方程式は簡単にもなり複雑にもなる．たとえば，上の場合，Mを通るようにX′Xを取り，OとしてMを選べば，(1)は

$$x^2+y^2=c^2$$

となるであろう.

——以上が，解析幾何学の基礎になる考え方にほかならない.

■今日の流儀

デカルトは，曲線を表す方程式を求めるのに，任意に1本の直線X′Xを取り，その上に任意に1点Oを取った．次に，点PからX′Xにおろした垂線の足をQとし，OQ, QPをそれぞれx, yとおいた．そして，点Pが問題の曲線の上を動いたときに，xとyがどのような方程式を満たすかを調べたわけである（図5-3参照).

——これが，今日の「座標の考え方」そのものであることはあきらかであろう．すなわち，今日われわれは，これとまったく同じことを次のような形式でおこなう（図5-4

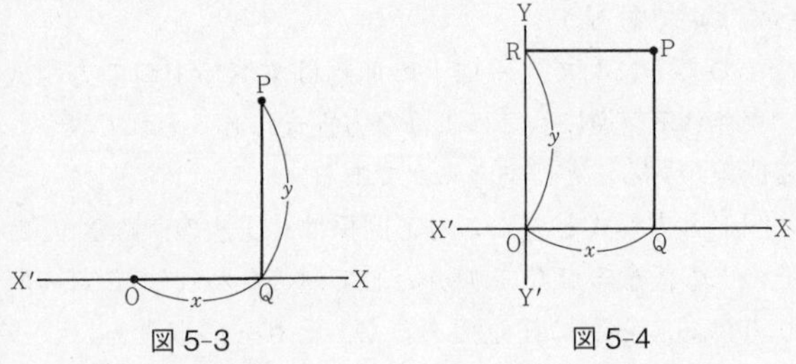

図 5-3　　図 5-4

参照).

平面上に互いに直交する2本の直線X′XとY′Yとを取り，その交点をOとする．次に，点PからX′X, Y′Yにおろした垂線の足をそれぞれQ, Rとし，OQ, ORをそれぞれx, yとおく．そして，点Pが問題の曲線の上を動いたときに，x, yがどのような方程式を満たすかを調べるのである．

念のために，用語の復習をしておこう．今日われわれは，直線X′XおよびY′Yのことをそれぞれ「x軸」および「y軸」，点Oのことを「原点」という．

そして，直線X′X, Y′Yおよび点Oという3つのものの組(X′X, Y′Y, O)のことを「座標系」，またはデカルトにちなんで「デカルト座標系」とよぶ．また，点Pから定まる量x, yをそれぞれPの「x座標」「y座標」といい，組(x, y)のことを単にPの「座標」という．

なお，曲線を表す方程式のことを単にその「曲線の方程式」ということが多い．さらに，あたえられた方程式に対し，それによって表される曲線のことを，その「方程式のグラフ」という．

直線の方程式が1次方程式

$$ax+by+c=0$$

であり，逆に1次方程式のグラフが直線になることは周知のところであろう．

■解析幾何学

では，解析幾何学とはどのようなものなのであろうか．

次に，例をあげてこれを説明しよう．

2つの定点A, Bを通る円はたくさんあるが，それらの中心はどのような曲線を描くであろうか．

この問題は，座標の考えを用いて，次のように解くことができる（図5-5を参照）．

いま，点A, Bを通る直線をx軸とし，線分ABの垂直2等分線をy軸とする．既知量OBをaとおけば，Bの座標は$(a, 0)$，Aの座標は$(-a, 0)$である．

A, Bを通る任意の円の半径をzとし，中心Mの座標を(u, v)とすれば，円の方程式は

$$(x-u)^2+(y-v)^2=z^2 \qquad (1)$$

となる．

ところで，点A, Bはこの円の上にあるから，A, Bの座標$(-a, 0)$, $(a, 0)$は方程式(1)を満たす．すなわち，

$$x=-a,\ y=0$$

とおいても，

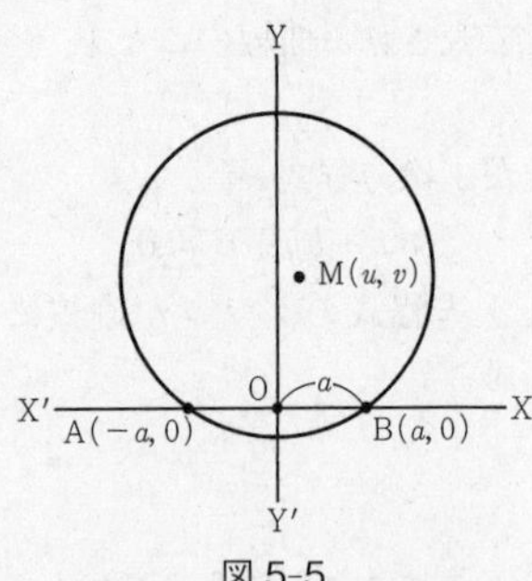

図 5-5

$$x = a, \ y = 0$$

とおいても，(1)は成立する．したがって，

$$(-a-u)^2 + v^2 = z^2 \tag{2}$$

$$(a-u)^2 + v^2 = z^2 \tag{3}$$

(2)，(3)の辺々を引けば

$$(-a-u)^2 = (a-u)^2$$

$$a^2 + 2au + u^2 = a^2 - 2au + u^2$$

$$4au = 0$$

ところが，点Bは原点Oとことなるから，

$$a \neq 0$$

したがって

$$u = 0$$

これは，点Mが y 軸上にあることを示している．

逆に，y 軸上の任意の点を M′ とすれば，

$$\text{M}'\text{A} = \text{M}'\text{B}$$

であるから，M′を中心として，点A, Bを通る円が描けることはあきらかである．

よって，A, Bを通る円の中心は，線分ABの垂直2等分線を描くことがわかる．

——実は，このようにして幾何学の問題を解くのが解析幾何学にほかならないのである．つまり，幾何学の問題を，座標の考えを媒介として代数学の問題に転化し，それを解くことによってもとの問題を解くのが解析幾何学だといってよい．

代数学の問題は機械的に解くことができる．しかも，その方法は極めて一般的なものである．したがって，解析幾何学は，幾何学全体にまことに有力な「発見法」を提供するものだということができるであろう．

また，座標の考えを用いれば，どのような方程式も「グラフ」をもつ．このことは，代数学の問題に「直観」をはたらかせる道を開くものである．したがって，デカルトは，解析幾何学を発見することにより，もくろみ通り，「幾何学的解析と代数学とのよい所をとり，一方の欠陥を他方によって正す」ことに大成功を収めたといってよいであろう．

注　もう1人，解析幾何学の発見者といいうる人がある．それはデカルトの同時代人フェルマ（P. de Fermat, 1601-1665）である．しかし，彼はヴィエタの代数学をそのまま踏襲した．もちろん，「同次の規則」も固く守った．したがって，その解析幾何学は，ヴィエタの代数学同様，極めて不便かつわかりにくいものである．そのため，デカルトの解析幾何学のほうがその「代数学」とともに後世により大きな影響をあたえ,「解析幾何学」といえば「デカルト」ということにさえなってしまった. フェルマには少々気の毒なことである.

6　ニュートン力学

ニュートン力学は，のちに優勢となった機械論的自然観の基盤であるとともに，いわゆる解析学の発展を強力に促した要因でもある．ケプラーなどの業績からニュートン力学が生まれるまでのいきさつを明らかにする．

天動説と地動説

■天動説

天体の運動を説明する学説として，中世ヨーロッパを支配したのは，プトレマイオス（Ptolemaios，150ごろ）の「天動説」である．つまり，あらゆる天体が地球を中心として回転しているという学説である．

プトレマイオスは，ギリシア天文学の大成者であった．彼の書物は正式には『数学的集大成』というのであるが，これはローマ，アラビアを通じて非常に尊重され，しまいには『アルマゲスト（最大の書）』というその俗称が正式の書名にとってかわってしまったくらい強い影響をあたえたものである．

プトレマイオスの宇宙モデルは，次のようなものであった．

まず，恒星はすべて，地球を中心とする1つの球面の

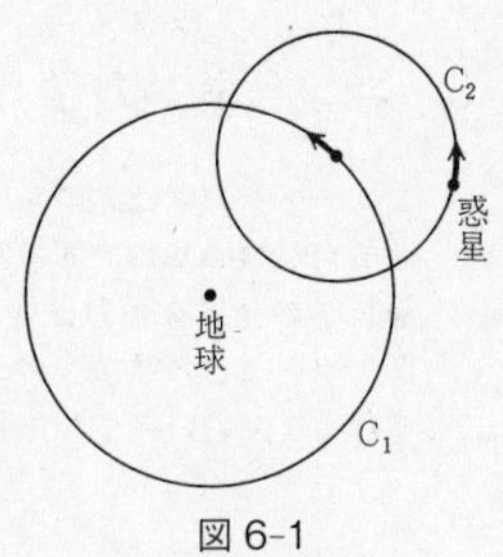

図 6-1

上にくっついていて，その球面は 1 日に 1 回，東から西へと等速で回転する（これを「恒星天球」といおう）．また，太陽は，同じく地球を中心とする，より小さい球面の赤道上にくっついており，この球面の北極と南極とを結ぶ直線 L′ は，恒星天球の回転軸 L と約 23.5° 傾いている（この球面を「太陽天球」といおう）．そして，この直線 L′ は恒星天球にくっついているので，太陽天球は恒星天球の回転にともなって 1 日に 1 回，地球のまわりをぐるりと回転することになる．と同時に，太陽天球は，L′ のまわりに 1 年に 1 回，西から東へと等速で回転する．

次に，惑星は，太陽天球の赤道を含む平面上にある．そして（図 6-1 参照），その平面上の地球を中心とするある円周 C_1 の上を等速で回転する点を中心とするある円周 C_2 の上を，これまた等速で回転する．C_1 をその惑星の「導円」，C_2 をその「周転円」という．

――以上がプトレマイオスのモデルのいわば骨格である．しかし，これでは惑星の動きをごく大まかにしか説明することができない．どうしても誤差が生じるのである．そこで，その誤差を説明するために，いろいろの工夫がなされた．たとえば，第2，第3の周転円を考えたり，地球は導円の中心とは少しずれたところにあり，周転円の中心は，地球に近いほど速く，遠いほど遅く動く，などとしたりするのである．

■ギリシアの地動説

ギリシアには古くから「地球」という概念があった．これは，他の古代文明にはどこにも見られない特徴で，天文学史上特筆すべきことである．

このことは，ギリシアでは，上記のような天動説とともに，また「地動説」も生まれる可能性があったことを意味している．すなわち，地球は自転し，かつ他の惑星とともに太陽のまわりを公転しているのだとする説である．実際，アリスタルコス（Aristarchos，前3世紀）は，かなり整然とした地動モデルを提唱しているという．

プトレマイオスも地動モデルにふれている．そして，これによるときは，天動モデルによるときよりも，惑星の動きの説明がより簡単になるとさえ述べている．にもかかわらず，プトレマイオスが天動モデルを採用したのは，次のようなことがあったからであった．

(1) まず，地球が太陽のまわりを公転しているとすれば，地球と恒星とを結ぶ直線と，地球が公転している平面との角度が変化するはずである（図6-2参

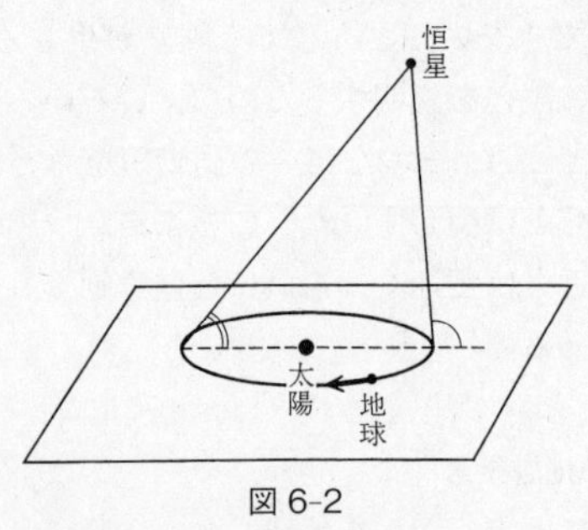

図 6-2

照). しかし, それは観測されない.

(2)　地球が西から東へ自転しているとすれば, 猛烈な東風が吹いていなければならないが, そのような事実はない. また, 石を投げ上げれば西の方へ落ちるはずであるが, そのような事実もない.

──しかしながら, これらは, よく考えてみれば難点でも何でもない. 恒星がうんと遠ければ, (1)で述べられているような角度の変化はとらえられないであろう. また, 走りつつある馬車の上で石を投げ上げても, 後方へ落下するようなことはない. これは, (2)が自転を否定することにはならないことを意味している.

しかし,「しっかりした大地」という実感は, 地動モデルを圧倒するに十分なものであった. その実感が(1), (2)を補強し, 反省を封じてしまったのである.

■コペルニクス

近代の地動説の提唱者コペルニクス（N. Copernicus, 1473-1543）の活動期は，いわゆるルネサンス運動のもっとも華やかなりしころである．それまでのスコラ学からは異端と見なされたであろうような諸思想が一斉に復興ないしは勃興した．コペルニクスの学んだ大学のあるポーランドのクラコフにも，太陽崇拝思想をともなう新プラトン主義の学派が発生した．この学派には，彼の大学時代の友人も加わっており，彼はこの学派から強い影響を受けたといわれている．

1496 年，ケーニヒスベルクの人レギオモンタヌス（Regiomontanus, 1436-1476）の『エピトーメ』という著書が刊行された．これは『アルマゲスト』の注釈書であって，『アルマゲスト』と同様，太陽中心モデルにふれていた．レギオモンタヌスは，プトレマイオスと同様，これには批判的であったが，その記述は太陽崇拝主義者コペルニクスに大きなヒントをあたえた．

彼は，具体的な太陽中心モデルの構築にとりかかった．それは，プトレマイオスもいうように，天動モデルよりははるかに簡単なものになった．惑星の運動を説明するのに必要な円の個数も少なくてすむし，等速円運動以外の運動を無理に考える必要もないように思われた．

神の摂理は典雅なものであるはずである．――彼は，自己の結論に確信をもった．こうして，1543 年，有名な『天空の回転について』が出版されたのであった．

ニュートン力学

■ケプラー

コペルニクス説は，ケプラー（J. Kepler, 1571-1630）によって，大幅に精密化された．

ケプラーは，テュービンゲン大学に学んだとき，コペルニクスの地動説を知った．彼は熱烈なプロテスタントであったが，この太陽中心の宇宙構造は，彼には，真に神の御業にふさわしいものに感じられた（かのルターはコペルニクス説に批判的であった）．

彼は，自然はすべて神の御業であると信じていた．その御業を知ろうとして，天文学の研究にはげんだのである．

1599年から，プラーハの天文台長ティコ・ブラーエ（Tycho Brahe, 1546-1601）の助手になった．ティコ・ブラーエはすばらしい観測家で，火星についての極めて詳細な観測データを蓄積しつつあった．しかし，彼は間もなく亡くなり，そのデータは後任の台長ケプラーの管理するところとなった．

ケプラーは，このデータを利用して，太陽の周囲をまわる地球の軌道を計算した．その結果，それは円ではあるが，太陽は，その中心よりも少しずれたところにあることを発見した．そして，さらにくわしく調べて行き，太陽と地球とを結ぶ線分は，同じ時間に同じ面積を描く（図6-3参照）という法則を見出した．これを「面積速度一定の法則」という．

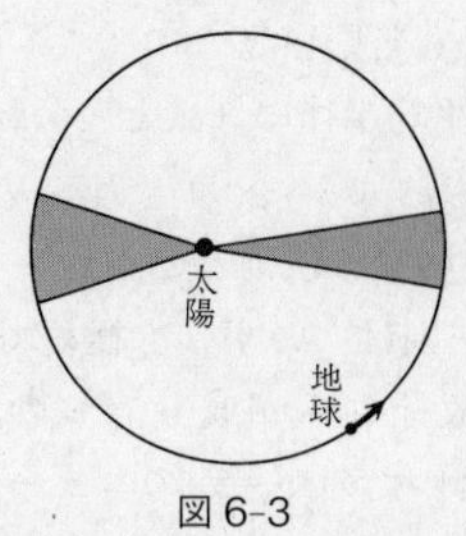

図6-3

■ケプラーの３法則

ケプラーは，この法則が他の惑星にも適用できるはずだと考え，火星について計算してみた．しかし，結果はどうも思わしくない．

いろいろ考えたあげく，彼は，火星の軌道は，太陽を焦点の１つとする楕円だとしてみた．すると，すべてがうまくいくのである．そして，地球の場合にも，その軌道が円で，太陽はその中心から少しずれたところにある，とするよりも，その軌道が太陽を焦点の１つとする楕円（ただし，円に極めて近い楕円）だとするほうが，よりつじつまがあうことを知ったのであった．

こうして彼は，どの惑星も太陽を焦点の１つとする楕円軌道を運行すること，および「面積速度一定の法則」がすべての惑星について正しいことを知るに至ったのである．これらをそれぞれ，ケプラーの第１法則，および第２法則とよぶ．

彼は，なおも，神の精妙な御業を知ろうとつとめ続け，ついに次の法則をも発見した.

「惑星の軌道の平均半径の3乗と，公転周期の2乗の比は一定である.」

これをケプラーの第3法則という.

これら3つの法則は，いずれも極めてすばらしいものであったが，何故それらが成り立つのかはわからなかった．この謎をといたのが，かのニュートン（I. Newton, 1642-1727）にほかならない.

■ニュートンの『プリンキピア』

ケプラーの第2法則によれば，惑星は，太陽に近いときほど速く運動する．これは，太陽が惑星にある力を及ぼしていること，あるいは，太陽と惑星との間にある種の力がはたらいていることを予想させる.

この線で考察を進めた人たちの何人かは，ケプラーの第3法則の分析を通して，2つの物体の間には，その間の距離の2乗に反比例する引力がはたらく，という法則を推定した．ニュートンやフック（R. Hooke, 1635-1703）などである.

また，すでにデカルトは，次のような法則を述べていた.

物体は，外力がはたらかない限り，静止，または等速度直線運動を続ける.

ところが，実は，これら2つの法則を組み合わせることによって，惑星が太陽のまわりを運行するメカニズムが

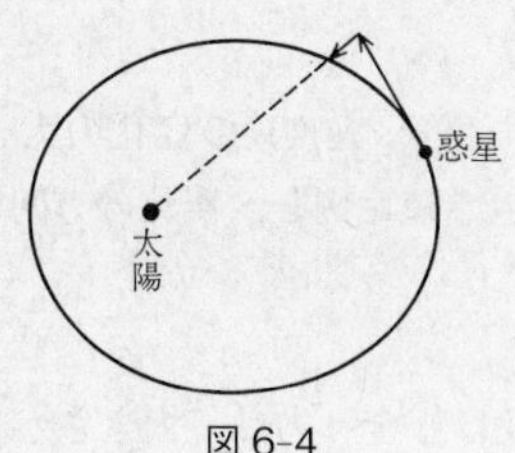

図 6-4

すべて説明できるのではないかと思われるのである．すなわち，惑星は，等速度直線運動を続けようとするのだけれども，上述の引力のために，その進行方向を曲げられ，結局楕円軌道を描くことになるのではないか（図 6-4 参照），また，ケプラーの他の法則も，同じ根拠から何らかの形で説明することができるのではないか，というわけである．

このような予想はフックももっていた．しかし，ニュートンは，これを「実行」したのである．すなわち彼は，上述のデカルトの法則の他に，もう 2 つの法則を立て，それら 3 つの法則と，例の「万有引力の法則」とから，ケプラーの 3 法則を「数学的」に証明することに成功したのである．

以下に，ニュートンの 3 法則と「万有引力の法則」とを列記しておこう．

第 1 法則

すべての物体は，外力がはたらかない限り，静止，または等速度直線運動を続ける．

第 2 法則

物体の運動量（質量×速度）の変化の大きさは，それにはたらく力の大きさに比例し，変化の方向は，その力の方向に等しい．

第 3 法則

2 つの物体が及ぼし合う力は，大きさが等しく，方向が反対である．

万有引力の法則

2 つの物体の間には，それらの質量の積に比例し，その間の距離の 2 乗に反比例する引力がはたらく．

ニュートンは，上に述べた事実の数学的証明を，1687 年に刊行した主著『プリンキピア（原理）』，くわしくは『自然哲学の数学的原理』で遂行した．

この作業には，彼の発明した「微分積分学」すなわち「解析学」が非常な威力を発揮するのであるが，彼の『プリンキピア』における証明は幾何学的なもので，せっかくのその強力な方法は活用されていない．彼は，おそらく，彼の「解析学」の基礎をうまく説明することができなかったのであろう．したがって，「基礎」に対する疑問が，「証明」に対する疑問を生むことをおそれたのであろう．

ニュートン力学が完全に「解析化」，すなわち完全に解析学で武装するのは，しばらくあとのことである．

■機械論的自然観

ニュートン力学の大成功は，しだいに思想の世界にも大きな影響を及ぼしはじめた．

ケプラーが，その自然研究を「神の御業」を知ることだと考えたことはすでに述べたが，これは実は中世のスコラ学以来の根強い考え方なのである．そして，コペルニクスもデカルトもニュートンも，依然として同じような考え方をもっていた．すなわち，彼らはいずれも，自然法則を知ることは，神の意志を知ることにほかならないと考えたのである．

しかし，このような考え方は徐々にうすれていった．とくに，18 世紀の啓蒙主義思想は，自然研究と宗教とをまったく切りはなし，自然研究は，すなわち自然そのものの研究にほかならないとした．この考え方はしだいに優勢となっていく．

他方，ニュートン力学は，物体の次の瞬間の状態は，現在のその物体の位置と速度，およびそれにはたらいている力だけから決定されることを教える．したがって，森羅万象の現在以降のあらゆる時点における状態は，それらを構成している各要素的物体の現在の位置と速度だけから決定されることになるであろう．それらの間にはたらく力は万有引力の法則から必然的に定まるからである．自然に対するこのような決定論的な見方を「機械論的自然観」という．

物理学の進展にともない，この見方はたえずいくらかの微調整を受けざるを得なかったが，その根本は変わらず，ついにはもっとも正統的な世界観となった．

20世紀に入ってから，ニュートン的物理学は，相対性理論や量子力学の登場によってかなりの修正を余儀なくされた．しかし，この「機械論的自然観」は，現在もなお，文明人の考え方の中に根強く残っているといえるであろう．

7 解析学とその基礎

ニュートン力学が解析学の発展をどのように促したか，また，解析学がいかにしてその独自の課題をもつに至ったかを考察する．さらに，解析学の基礎づけがどのようにしてなされていったかをも述べる．

解析学とニュートン力学

■微分積分学

微分積分学は「微分」と「積分」に関する理論である．しかし，この理論が発展するにつれて，それからいろいろの新しい分野が枝分かれしていった．そこで，のちには，それらを総称するときには「解析学」といい，単に「微分積分学」といえば，解析学の一分野としての古来の微分と積分に関する理論を指すようになった．

この微分積分学は，ニュートンおよびライプニッツ（G. W. Leibniz，1646-1716）によって創始された．以下に，その概要を紹介することにしよう．しかし，そのためには，まず，2つばかり小さな準備をしておかなくてはならない．

■関数

ある2つの量 x, y があって，x の値が定まれば y の値も定まるとき，「y は（独立変数）x の関数である」という．y が x の関数であるとき，y を $f(x), g(x)$ などのように書くことが多い．そして，たとえば $f(x)$ と書くことにした場合，「x の関数 y」のことを「関数 $f(x)$」あるいは「関数 $y=f(x)$」などという．そして，x の値が a であるときの関数 $f(x)$ の値を $f(a)$ と書く．

たとえば，y が x^2-3x+2 という量であったとすれば，x の値が定まれば当然 y の値も定まるから，この y はたしかに x の関数である．この y を $f(x)$ と書くことにすれば，

$$f(-1)=(-1)^2-3\times(-1)+2=6$$
$$f(0)=0^2-3\times 0+2=2$$
$$f(1)=1^2-3\times 1+2=0$$

である．

さて，$y=f(x)$ を任意の関数とし，平面上にデカルト座標系を任意に定めよう．

このとき，x の値 u を x 座標とし，$f(u)$ を y 座標とする点P，すなわち座標が $(u, f(u))$ である点Pを考え，u をいろいろに変えれば，点Pは1つの曲線を描くであろう．この曲線を関数 $y=f(x)$ の「グラフ」という（図7-1参照）．

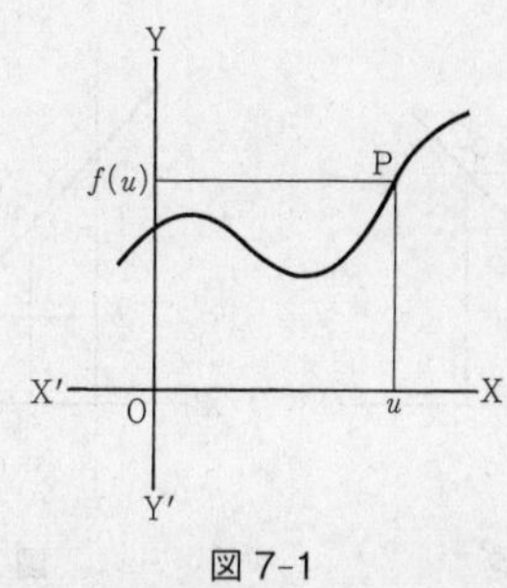

図 7-1

■直線の傾き

引き続き，平面上にデカルト座標系を任意に1つ固定する．このとき，よく知られているように，y 軸に平行でない直線Lは

$$y = mx + n \tag{1}$$

という形の方程式で表される．m を，直線Lの「傾き」という．

いま，L上に2つの点P, Qをとり，その座標を (a_1, b_1), (a_2, b_2) とすれば（図 7-2，7-3 参照），これらは方程式(1)を満たすから，

$$b_1 = ma_1 + n \tag{2}$$

$$b_2 = ma_2 + n \tag{3}$$

これらの辺々を引けば

$$b_1 - b_2 = m(a_1 - a_2)$$

しかるに，Lは y 軸に平行ではないから，

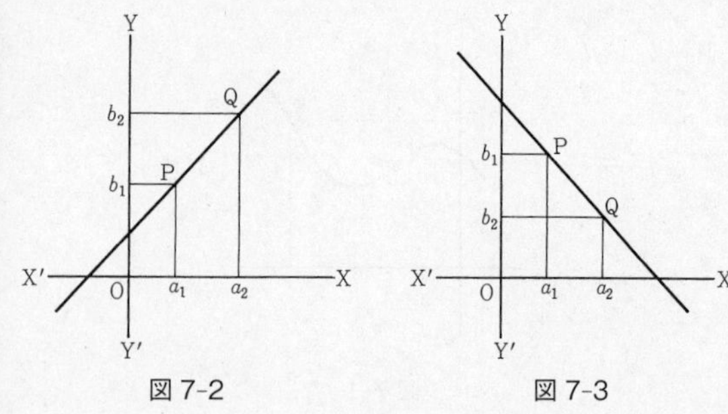

図 7-2　　図 7-3

$$a_1 \neq a_2$$

よって

$$m = \frac{b_1 - b_2}{a_1 - a_2} = \frac{b_2 - b_1}{a_2 - a_1}$$

したがって，L が右上がりであれば $m > 0$，右下がりであれば $m < 0$，そして水平であれば $m = 0$ であることがわかる．また，m がマイナスの値から 0 を通過し，プラスの値へとしだいに大きくなるにつれて，直線の左がしだいに下がり，右がしだいに上がることがわかるであろう．つまり，m は，直線の「傾きの度合い」を示す数なのである．

■微分法

関数 $y = f(x)$ を考える．すぐわかるように，x の値が a から z まで変化すれば，y の値は $f(a)$ から $f(z)$ まで変化するから，その変化の割合は

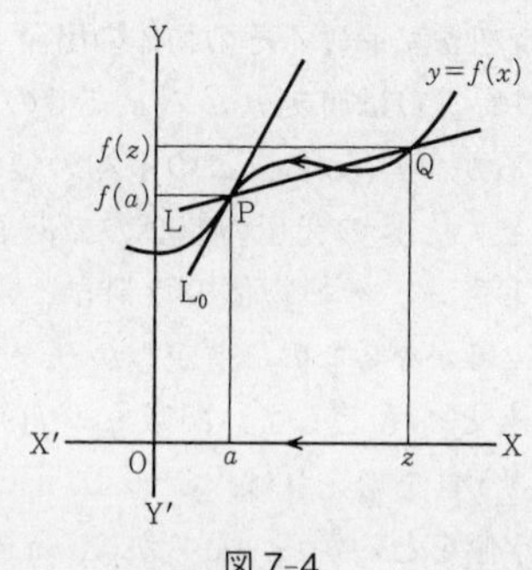

図 7-4

$$\frac{f(z)-f(a)}{z-a} \tag{1}$$

である．これは，それぞれ組 $(a, f(a))$, $(z, f(z))$ を座標とする点 P, Q を結ぶ直線 L の傾きである．

ここで，点 Q を点 P に近づければ，すなわち値 z を値 a に近づければ，直線 L は，関数 $y=f(x)$ のグラフの点 P における接線 L_0 にどこまでも近づいていく．したがって，L の傾き(1)は L_0 の傾き m にどこまでも近づいていく．これより，m は，関数 $y=f(x)$ の，x の値 a における「瞬間的な変化の割合」とでもいうべきものであることがわかる．この m のことを，関数 $y=f(x)$ の，$x=a$ における「微分係数」といい

$$f'(a)$$

と書く．

たとえば，ある物体が直線上を運動しているとし，x が

時刻で，y が時刻 x におけるその物体の出発点からの距離であるとすれば，(1)は時刻 a から z までの「平均速度」である．ところが，$f'(a)$ は，この平均の速度の，z が a に近づいていったときの究極の値なのであるから，これは，とりもなおさず，その物体の時刻 a という瞬間における「速度」にほかならないことがわかる．

さて，話をもとへもどして，関数 $y=f(x)$ に対して，$w=f'(x)$ という量を考えれば，これは，x の値が a のとき $f'(a)$ という値をとるから，たしかに，x の値がきまれば値のきまる量である．したがって，この w もまた x の関数である．これを $y=f(x)$ の「導関数」といい，

$$y',\ f'(x),\ \frac{dy}{dx},\ \frac{d}{dx}f(x)$$

などと書く．

関数 $y=f(x)$ からその導関数を求めることを，$y=f(x)$ を「微分する」という．

たとえば，

$$y=ax^2+bx+c$$

ならば，

$$y'=2ax+b$$

であることが知られている．

関数 $y=f(x)$ の導関数 y' の導関数 y'' を y の「2次導関数」，そのまた導関数 y''' を y の「3次導関数」という．以下同様である．

直線上を運動する物体の場合，時刻 x におけるその物

体の出発点からの距離を $y=f(x)$ とすれば，その導関数 $y'=f'(x)$ は時刻 x におけるその物体の速度であった．したがって，この場合，y の 2 次導関数 $y''=f''(x)$ は，時刻 x における「速度の瞬間的な変化の割合」であるから，時刻 x におけるその物体の「加速度」にほかならないことがわかる．

■積分法

関数 $y=f(x)$ において，x の値が a から b まで変化すれば，図 7-5 の影で示すような図形ができ上がる．この図形のうち，x 軸より上にある部分の面積から，下にある部分の面積を引いたものを，$y=f(x)$ の a から b までの「定積分」といい

$$\int_a^b f(x)dx$$

で表す．

また，関数 $f(x)$ に対し，微分して $f(x)$ になるような関数のことを，$f(x)$ の「不定積分」という．つまり，

$$F'(x)=f(x)$$

となるような関数 $F(x)$ のことを $f(x)$ の不定積分というのである．そして，関数 $f(x)$ の不定積分を求めることを，$f(x)$ を「積分する」という．したがって，積分することは微分することの逆の計算である．

導関数はただ 1 つしかないが，不定積分は無数にある．すなわち，$F(x)$ が 1 つの不定積分ならば，c がどのよう

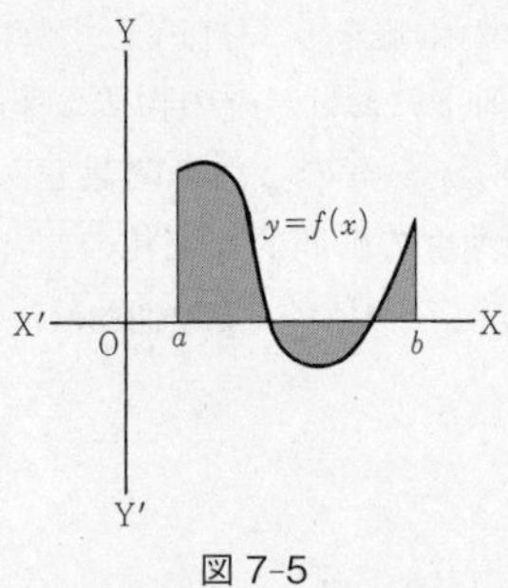

図 7-5

な定数であっても，実は

$$F(x)+c$$

はまた不定積分なのである．しかし，幸いなことに，このような形のもの以外に不定積分はないことが知られている．

たとえば，$y=ax+b$ の不定積分は

$$\frac{a}{2}x^2+bx+c \qquad (c \text{ は任意の定数})$$

である．それは，後者を微分すれば前者になることから知られる．

■微分積分学の基本定理

導関数や定積分や不定積分の概念は，ニュートンやライプニッツ以前から知られていた．にもかかわらずニュートンやライプニッツを微分積分学の「発見者」だというのは，彼らが，これらの間に極めて密接な関係があることを

見出したからなのである．それは次のような関係である．すなわち，関数 $F(x)$ が関数 $f(x)$ の不定積分であれば，

$$\int_a^b f(x)dx = F(b) - F(a)$$

これを「微分積分学の基本定理」という．つまり，定積分を求めることは不定積分を求めることに帰着するというのである．これは，面積が微分法の逆算で求められるというのであるから，いささか驚くべき結論である．しかし，同時に，極めて有用な結論であることも察せられるであろう．

■微分方程式

$y = f(x)$ という未知の関数があるとする．このとき，$x, y, y', y'', \cdots$ およびいくつかの既知の関数の間の関係式のことを，y の「微分方程式」という．たとえば，

$y' = ky,\ \ y'' + ay' + by + c = 0$　　(k, a, b, c は定数)

は両方とも y の微分方程式である．

あたえられた微分方程式を満たす未知関数 y を求めることを，その微分方程式を「解く」という．察せられるように，微分法や積分法は，微分方程式を解くための，なくてはならない予備知識なのである．

数学の問題には，微分方程式を解く問題に還元できるものが非常に多い．たとえば，あたえられた関数 $f(x)$ の原始関数を求めることは，微分方程式

$$y' = f(x)$$

を解くことにほかならない．また，解析幾何学の問題にもそのようなものがたくさんある．そこでライプニッツは，いろいろの微分方程式の解法を研究した．

また，物体の運動を調べる問題も，ほとんどすべて微分方程式を解く問題に帰着させられる．そこでニュートンも，やはりいろいろの微分方程式の解法を研究した．

たとえば，あるところから自然落下しはじめる質量 m の物体の運動を考えてみよう．時刻 0 から時刻 t までのその物体の落下距離を x とすれば，x は t の関数である．よって，

$$x = f(t)$$

とおけば，当然

$$f(0) = 0,\ \ f'(0) = 0$$

また，ニュートンの第 2 法則における「運動量の変化」とは，運動量 mx' の導関数にほかならないこと，および mx' の導関数は mx'' であることがわかっている．他方，その物体の最初の位置と地球の中心との距離を a，地球の質量を n とおけば，その物体が x だけ落下したときにそれに働く地球の引力は，万有引力の法則により，mn に比例し，その瞬間におけるその物体と地球の中心との距離 $a-x$ の 2 乗に反比例するから，結局 $mn/(a-x)^2$ に比例する．よって，ニュートンの第 2 法則により

$$mx'' = k\frac{mn}{(a-x)^2} \qquad (k \text{ は定数})$$

したがって

$$x'' = \frac{kn}{(a-x)^2} \qquad (1)$$

ゆえに，この微分方程式が解けさえすれば，その物体の落下の様子がすべてわかってしまうわけである．

ところで，この微分方程式における x は，通常，a にくらべれば，問題にならないくらい小さい．よって，$a-x$ は a に等しいとしても別段の支障はないであろう．したがって，(1)は

$$x'' = g \qquad (g \text{ は定数}) \qquad (2)$$

という形に単純化される．この両辺を積分すれば

$$x' = gt+c \qquad (c \text{ は定数})$$

であるが，$t=0$ のとき $x'=0$ であるから，$c=0$．よって

$$x' = gt$$

ここでふたたび両辺を積分すれば

$$x = \frac{1}{2}gt^2+d \qquad (d \text{ は定数})$$

しかるに，$t=0$ のとき $x=0$ であるから，$d=0$．よって

$$x = \frac{1}{2}gt^2$$

これが通常「自然落下の法則」といわれているものである．

以上では，$a-x$ を a としてしまったから，問題が極めて簡単に処理できたが，これに類する簡単化ができないような問題の場合には，どうしても「本格的」な微分方程式を解かなければならなくなってくる．微分方程式の研究が

必須である所以がわかるであろう.

解析学の基礎

■極限と実数

$y=f(x)$ の $x=a$ における微分係数は，量

$$\frac{f(z)-f(a)}{z-a}$$

の，z を a に近づけた場合の「究極の値」であった．一般に，関数 $u=g(v)$ において，独立変数 v がある値 α にどこまでも近づいていくときに，u がある値 β にどこまでも近づいていくならば，その β のことを，v が α に近づくときの $u=g(v)$ の「極限値」といい

$$\lim_{v\to\alpha} g(v)$$

で表す．この言葉を用いれば，$y=f(x)$ の $x=a$ における微分係数は，極限値

$$\lim_{z\to a}\frac{f(z)-f(a)}{z-a}$$

にほかならない.

しかしながら，「どこまでも近づく」とはどういうことであろうか．直観的にわからないことはないにしても，厳密な議論をするためには厳密な「定義」を必要とするものであることは明らかであろう．ではどうすればよいか．——ここでは，それに深入りすることはしない．ただ，この概念を明確にしたのは，コーシー（A. L. Cauchy,

1789-1857）であったことだけを注意しておこう．

ところで，解析学をあいまいなところのないものにするためには，当然のことながら，有限小数および無限小数で表される正負のすべての数（および0），すなわち「実数」の概念がはっきりしていなくてはならない．意外なことに，このことに気づいた人は極めて少なかった．また，気づいても，これを解決することは非常に難しいことであった．このことに気づき，かつこの問題の解決に成功したのは，デーデキント（J. W. R. Dedekind，1831-1916），カントール（G. Cantor，1845-1918）およびワイエルシュトラス（K. Weierstrass，1815-1897）の3人である．彼らは「有理数」，すなわち分数で表される正負の数（および0）と「集合」の概念とを用いて実数の概念を明確に定義することに成功した．方法はことなってはいたが，彼らの定義は本質的には同等のものであることが知られている．

「集合」とは文字通り物の集まりのことであるが，カントールは，その壮大な数学的理論をまったく独力で建設した．

ところで，ワイエルシュトラスは，「有理数」の概念は，「自然数」の概念と「集合」の概念とがあれば定義できることを示し，デーデキントは，「自然数」の概念は，「集合」の概念だけから定義できることを明らかにした．したがって，解析学を「演繹的体系」として展開するのには，「集合論」の公理があれば十分なのである．後者はツェルメロ（E. Zermelo，1871-1953）およびフレンケル（A. A. Fraenkel，1891-1965）によって工夫された．

8　射影幾何学と理想的要素

数学では，例外をなくし，理論を単純化するために，「理想的要素」を導入することが多い．その典型的な例として射影幾何学を紹介する．また，数の概念の拡張の過程も，同種の例と見られることにふれる．

パッポスの定理とデザルグの定理

■パッポスの定理

ギリシアの幾何学が次第に衰退し，その歩みを今やまさに止めようとしていたころ，アレクサンドリアにパッポス（Pappos, 300 ごろ）が現れて，その最後を立派に飾った．彼には大きな業績がいくつかあるが，われわれの本章における話は，彼が証明した1つの定理からはじまる．

それは次のようなものである．

平面上の2直線 L, L′ の上に，それぞれ3つの点 A, B, C および A′, B′, C′ を取れば，直線 AB′ と A′B，BC′ と B′C，および AC′ と A′C の交点は1直線上にある．

証明は省略するが，図8-1，8-2からもわかるように，A, B, C や A′, B′, C′ の「並び方」はどうであってもよいのである．

これは，たいへんきれいな定理である．誰しもそう

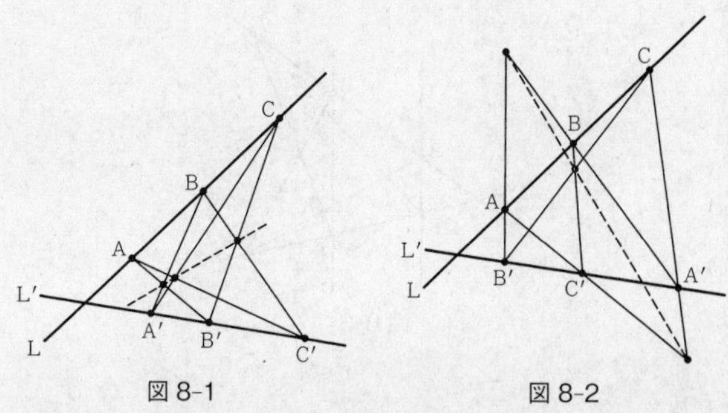

図 8-1　　図 8-2

思う．しかしながら，残念なことに，この定理には「例外」があるのである．すなわち，L 上の点 A, B, C と L′ 上の点 A′, B′, C′ の位置によっては，AB′ と A′B，BC′ と B′C，AC′ と A′C が「必ず」交わるとは限らないのである．

たとえば，図 8-3 のような場合には，AB′ と A′B とは交わらず，したがって，この場合，定理は意味のないものになってしまう．つまり，上のパッポスの定理は，「正確には」次のように述べなおすべきなのである．

平面上の 2 直線 L, L′ の上に，それぞれ 3 つの点 A, B, C および A′, B′, C′ を取ったとき，もし AB′ と A′B，BC′ と B′C，および AC′ と A′C がすべて交われば，それらの交点は 1 直線上にある．

これでも結構きれいな定理ではある．しかし，「交わらない 2 直線」すなわち「平行な 2 直線」というものの存在が定理の美しさを傷つけていることは否定できないであ

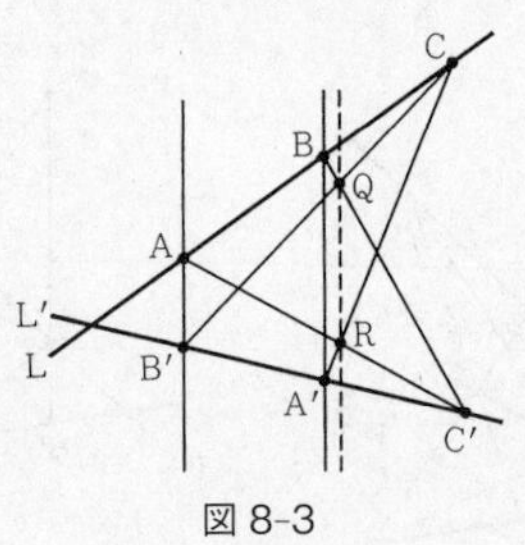

図 8-3

ろう.

■デザルグの定理

同様の事情をかかえている定理は極めて多い．次に述べる「デザルグの定理」もその１つである（われわれがここで，パッポスの定理とデザルグの定理とを例として選ぶ理由は，これらがあとで，別の事柄の説明にも役立つからなのである）.

デザルグ（G. Desargues，1591-1661）は次の定理を証明した.

三角形 ABC と A′B′C′ の対応する頂点を結ぶ直線 AA′, BB′, CC′ が１点で交われば，対応する辺 BC と B′C′，CA と C′A′，および AB と A′B′（ないしはそれらの延長）の交点は１直線上にある（図 8-4 を参照）.

しかしながら，この定理にも残念ながら例外がある．すなわち，図 8-5 が示すように，対応する頂点を結ぶ直線が首尾よく１点で交わっても，対応する辺（およびその延

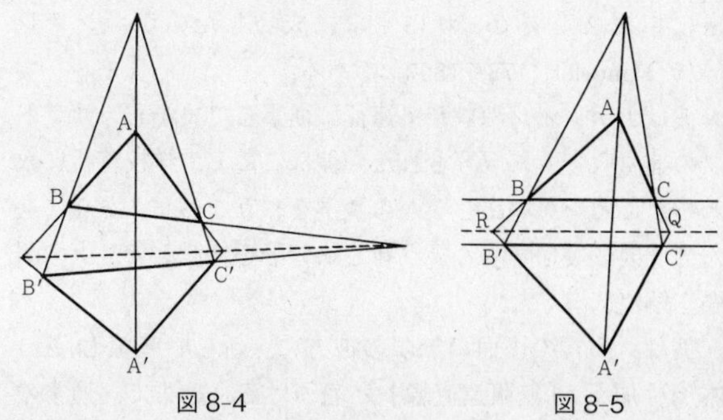

図 8-4　　図 8-5

長）のうちに，交点のないものが現れる可能性があるのである．したがって，この定理も「正確には」次のように述べなおさなければならない．

三角形 ABC と A′B′C′ の対応する頂点を結ぶ直線 AA′, BB′, CC′ が 1 点で交わるとき，対応する辺 BC と B′C′，CA と C′A′，および AB と A′B′（ないしはそれらの延長）がそれぞれ交われば，それら 3 つの交点は 1 直線上にある．

——パッポスの定理の場合と似たような感想がおこらないであろうか．「交点のない 2 直線」，すなわち「平行な 2 直線」というものの存在が，この場合にも，定理の美しさをいささか傷つけていることは否定できない．

■ポンスレの工夫

この不愉快な状況を何とか打開しようとこころみ，非常に卓抜な工夫でこれに見事に成功したのがポンスレ (J. V. Poncelet, 1788-1867) である.

彼はナポレオンのロシア遠征に従軍して負傷し, サラトフの捕虜収容所に収容された. 彼はここで, 学校時代に教わったことを思い出しながら数学をやりなおし, さらに進んで「射影幾何学」という新しい分野を創設して, 上の問題を解決に導いた.

彼は, 通常の平面の無限の彼方に, 新しい直線 L_0 を1本つけ加え,「無限遠直線」と名づける. そして, 通常の直線 L は, 無限の彼方でこの無限遠直線と1点で交わるとする. さらに, 互いに平行でない (通常の) 直線 L, L′ と L_0 との交点は異なっているが, 互いに平行な (通常の) 直線 L, L′ と L_0 との交点は同じだとするのである.

このような方法で少々広げられた平面のことを「射影平面」という.

この平面では, 2点を通る直線はもちろん1本あって1本に限るが, さらに, どの2直線も, つねに1点, しかもただ1点だけを共有する. そして, 大切なことは, この射影平面では, パッポスの定理もデザルグの定理も, われわれが最初に紹介した形のままで, すなわち「正確に」述べなおす前の形のままで, 成立するということである.

まず, パッポスの定理で図8-3のような場合, AB′ と A′B との交点 P は無限遠直線上にくるが, それは, BC′ と B′C との交点 Q, および AC′ と A′C との交点 R を結ぶ直線 QR と無限遠直線との交点でもある. なんとなれば，図からもわかるように，AB′, A′B, QR は平行だからである．したがって，P, Q, R はこの場合にも 1 直線上にあるといえる．

また，デザルグの定理で図 8-5 のような場合，BC と B′C′ との交点 P は無限遠直線上にくるが，それは，AC と A′C′ との交点 Q，および AB と A′B′ との交点 R を結ぶ直線 QR と無限遠直線との交点でもある．なんとなれば，図からもわかるように，BC, B′C′, QR は平行だからである．したがって，P, Q, R はこの場合にも 1 直線上にあるといえる．

■射影幾何学

射影平面上の幾何学が，すなわちポンスレの「射影幾何学」にほかならない．察せられるように，これは非常にきれいな理論である．

ポンスレは，この幾何学をかなり深いところまで独力で展開し，1822 年『図形の射影的性質についての概論』を出版した（もちろん，間もなくフランスに帰還したのである）．

この本で彼は，いろいろの原理や定理を得ているが，その中でもっとも大きなものの 1 つは「双対（そうつい）の原理」であろう．それは，いわば「定理についての定理」とでもいうべきものであって，次のようなものである．

射影幾何学の定理において，次のような言葉の書きかえをおこなえば，ふたたび射影幾何学の定理が得られる．

すなわち,「点」を「直線」に,「直線」を「点」に,「点が直線の上にある」を「直線が点を通る」に,「直線が点を通る」を「点が直線の上にある」に,そして「頂点」を「辺」に,「辺」を「頂点」に.

これは,射影幾何学の定理を一挙に「2倍」に増加させるものであるから,まことに目ざましい原理だといわなければならない.

この原理を使えば,上述のパッポスの定理とデザルグの定理から,自動的に次の定理が得られる.

2点P, P′をそれぞれ3本の直線L, M, NおよびL′, M′, N′が通っていれば,LとM′との交点とL′とMとの交点とを結ぶ直線.MとN′との交点とM′とNとの交点とを結ぶ直線,およびLとN′との交点とL′とNとの交点とを結ぶ直線は1点で交わる(図8-6を参照).

三辺形LMNとL′M′N′の対応する辺の交点が一直線上にあれば,対応する頂点を結ぶ直線は1点で交わる(図8-7を参照).

理想的要素

■無限遠直線

「無限遠直線」はもちろん空想の産物である.大平原の中を真っすぐに走る道路の真ん中に立って,その行く手を眺めれば,その道路の両側のへりをなす直線は,無限の彼方の1点に合する――ように見える.無限遠直線は,そのような「無限遠点」の集まり,すなわち無限遠点の「集

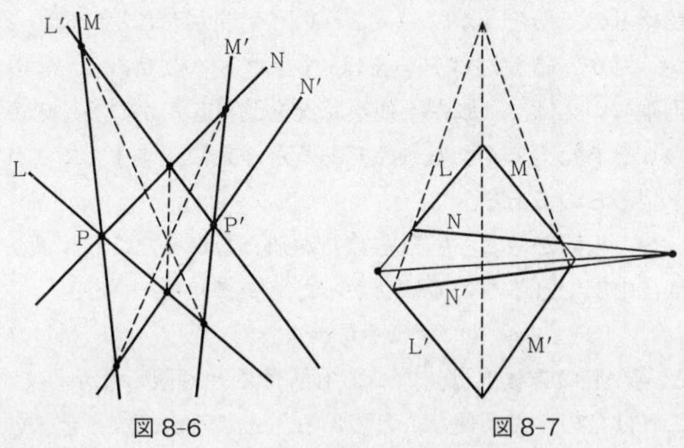

図 8-6　図 8-7

合」として空想されたものにほかならない．

「無限遠点」が，すべてただ「1 本の直線」の上にのっているとしたのは，次のような事情があったからである．すなわち，どの 2 点に対してもそれらを結ぶ直線がただ 1 つある，という原則はくずしたくない．したがって，どの 2 つの無限遠点に対しても，それらを結ぶ直線がただ 1 つあるようにしたい．ただし，その際，無限遠直線を何本考えてもよいのであるが，少なければ少ないほど，それだけ事柄が簡単になり，もちろんそのほうが望ましい．——こうして，ポンスレは「1 本」の無限遠直線で万事を処理しようと試み，見事成功したというわけなのである．

■数の創造

しかし，そのような空想の産物を，数学者たちは簡単に認めるのであろうか．――こういう疑問がおこるに違いない．だが，結論だけをいえば，「認める」のである．より正確にいえば，それが不便な状況を改善し，かつ多くのみのりをあたえてくれるものであるがゆえに，すすんでこれを認めるのである．

昔，人間が数として自然数しか知らなかったころ，減法は自由にできるものではなかった．つまり

$$x+b=a \tag{1}$$

という形の方程式は，いつでも解けるとは限らなかった．これはたいへん不便なことである．ところが，マイナスの数はこの状況を変えてくれる．すなわち，マイナスの数を「認め」れば，(1)という形の方程式はいつでも解けるようになり，かつ数の応用範囲は飛躍的に広がるのである．そこで数学者たちは，やがてマイナスの数を「認める」に至った．

除法も極めて不便なものであった．割れる場合もあれば割れない場合もある．この事情は，マイナスの数を導入しても，少しも改善されない．つまり

$$ax=b \qquad (a\neq 0)$$

という形の方程式は，いつでも解けるとは限らないのである．分数で表される数，すなわち「有理数」は，まさにこの不便を克服するために「認め」られたものにほかならない．

無限小数では表されるが分数では表されない数，すなわち「無理数」が導入された事情もこれとほとんど同じであ

る．すなわち，面積が a の正方形の辺の長さは，いつでも有理数になるとは限らない．つまり，

$$x^2 = a \qquad (a \text{ は正}) \tag{2}$$

という形の方程式は，有理数の範囲で考える限り，いつでも解けるとは限らない．しかし，どの正方形にも辺がある以上，これは非常に不便なことといわなくてはならない．こうして，$\sqrt{a}$ という形の数，すなわち「無理数」が「認め」られたのである．

「虚数」に至っては，その名前自体がその生い立ちを物語っている．そもそも，実数，すなわち有理数と無理数は，どんな数であっても，その2乗は決して負にはならない．

$$\text{正} \times \text{正} = \text{正}, \quad \text{負} \times \text{負} = \text{正}$$

だからである．したがって，(2)という形の方程式の右辺の a がマイナスの場合には，その方程式は解をもたないことになってしまう．しかし，「解ける場合」と「解けない場合」とをたえず意識しなければならないのは不便である．

$$x^2 = a$$

という形の方程式はいつでも2つの解をもつようであってほしい．もちろん，

$$x^2 = 0$$

のように，解が1つしかない場合には，2つの解が1つに重なったものと解釈するほかはないであろうが．——実は，「虚数」はこの願望を満たすために頭の中からひねり

出された数にほかならない．すなわち，それは本来は「虚数」なのである．しかし，その効用はすばらしかった．そこで，のちにそれは「複素数」と改名されたのである．

数学的対象の増加は，ほぼ上のようにしておこる．すなわち，新しい数学的対象は，まず想像上のもの——「理想的要素」——として導入される．それが期待したほど役に立たないものであれば，やがてそれは捨て去られる．しかし，それが真に有用なものであることがわかれば，それは想像上のものから現実のものへと変化する．

「無限遠直線」も，このようなプロセスを経て，間もなく「現実のもの」となった．

9　非ユークリッド幾何学と公理主義

ユークリッド幾何学の平行線公準は，19 世紀に至って非ユークリッド幾何学を生んだ．さらに，後者は，数学思想を公理主義へと根本的に変革する原因となった．これらのいきさつと意義とについて考察する．

非ユークリッド幾何学

■平行線の公準

本章では，話をふたたびギリシアの幾何学から出発させることにしよう．

第3章をもう一度開いていただきたい．エウクレイデスの『原論』には5つの公準があった．その第5番目を見ていただきたいのである．これは実に長い．そしてわかりにくい．図が添えてあるからわかるようなものの，そうでなければ，何をいっているのかさっぱりわからないであろう．――このことが多くの人の気に入らなかったのである．公理・公準は単純明快なものであるべきであるのに，これでは困る，というわけである．そこで，これを他の公理・公準から証明してしまおう，すなわち，これを公準からはずして「定理」にしてしまおう，という努力がはじまった．

実は，エウクレイデス自身もこれには頭を悩ましたらしいのである．『原論』では，この第5公準は，次の事実を証明するのに用いられている．これを「プレイフェア（J. Playfair）の命題」という．

あたえられた直線外の1点を通って，その直線に平行な直線をちょうど1本だけ引くことができる．

しかし，あたえられた点を通ってあたえられた直線に平行な直線を少なくとも1本引けることは問題ない．他の公理・公準からすぐに証明できるのである．しかし，「ただ1本」しか引けないということは，第5公準がないと証明できない．エウクレイデスは，はじめは，第5公準を他の公理・公準から証明してしまおうと思ったらしい．しかし，どうしてもうまくいかなかったので，他の公準の次に，しぶしぶつけ加えたらしいのである．

この公準が上のように使われるものであることから，これは，「平行線の公準」とよばれることもある．

■幾何学のスキャンダル

平行線公準を証明する問題は，この公準の正体がわかるにつれ，単に美的感覚の問題ではなくなってしまった．すぐ上で，この公準はプレイフェアの命題を証明するのに用いられると述べたが，実は逆に，プレイフェアの命題を正しいものと仮定すれば，この公準を定理として証明することができるのである．また，プレイフェアの命題は

三角形の内角の和は2直角に等しい

という定理の証明に使われるのであるが，実は逆に，この定理を正しいものと仮定すれば，プレイフェアの命題を定理として証明することができる．したがって，また，平行線公準をも定理として証明することができるのである．

つまり，平行線公準は，プレイフェアの命題や，三角形の内角の和の定理などと「論理的に同等」なのである．だとすれば，そのような堂々たる「定理」と同等のものを公準としてかかげるのはあまり適切ではないのではないか．

また，考えてみれば，平行線公準やプレイフェアの命題は決して「自明」なものではない．人間の目は不確かであるから，本当は，あたえられた点を通ってあたえられた直線に無数に平行線が引けるのであるが，それらがあまりにも近接しているために見分けられないでいるのかも知れない——とも考えられる．

こうして，平行線公準を「証明」する問題は，いまやギリシア幾何学の浮沈をかけた大問題となった．「公準」としてふさわしくないものが公準とされているのであるから，これは是非とも除かなければならないわけである．

しかし，それはなかなか成功しなかった．そして，ついに何と2000年以上の年月が経過してしまった．いつの間にか「幾何学のスキャンダル」という言葉ができ，人は，幾何学といえばすぐにこの言葉を思い出すほど有名なものになったのである．

■非ユークリッド幾何学

平行線公準を他の公理・公準から証明しようとして人々がとった方法は，いわゆる「背理法」である．すなわち，平行線公準が正しくないと仮定して矛盾を導こうというのである．しかし，この公準はプレイフェアの命題と同等であり，後者のほうがはるかに簡単なので，人々は，実際には，この命題が正しくない，すなわち

(＊)あたえられた直線外の1点を通って，2本以上平行線を引くことができる．

と仮定して，矛盾を引き出そうとしたのである．

しかし，上にも述べたように，これは成功しなかった．そこで，徐々に「黒い」疑惑が頭をもたげてきた．――この計画は，原理的に不可能なことなのではないか．

その疑惑は強まるばかりであった．

一方，ちょっと人間の好奇心をくすぐるような事実がわかってきた．すなわち，命題(＊)を出発点として議論を進めても，何度もいうようにさっぱり矛盾は出てこない．しかし，その代わり――というのはいささか適切を欠くが――奇妙な命題がいろいろと出てくるのである．それらは，たとえば次のようなものであった．

三角形の内角の和は2直角よりも小さい．

2直角と三角形の内角の和との差は，その三角形の面積に比例する．

円周とその直径との比はπ（$=3.14159\cdots$）よりも大きい．

つまり，ギリシアの幾何学の各定理に対応して，いささかエキゾチックな命題が次々と出てくるのである．

この状況を見て，こう考える人たちがあった．

公理・公準が「自明」なものでなければならないとすれば，第5公準はすでにその資格を失ってしまっている．にもかかわらず，それを除くことはできない．だとすれば，われわれがギリシア幾何学を維持していこうとする限り，公理・公準に対する要求を大幅に緩和しなければならない．すなわち，それは他の公理・公準と「つじつまのあう」ものでありさえすればよいとしなければならない．ところが，プレイフェアの命題の否定(*)から矛盾は出てこない．ということは，これが他の公理・公準と「つじつまのあう」ものであることを示しており，したがって，これは第5公準に代わりうる資格をもっている．つまり，第5公準の代わりに(*)を公準とする新しい幾何学がありうるわけで，われわれは，第5公準を証明しようとして，(*)からいろいろの命題を導いてきたが，これは結局，その新しい幾何学の研究をやってきたことになるのではないか．

このように考えた人たちに，ガウス（C. F. Gauss, 1777-1855），ロバチェフスキ（N. I. Lobachevskii, 1792-1856）およびボヤイ（J. Bolyai, 1802-1860）があった．ガウスは当時の数学界の大御所で，その発言を慎重にせざるを得なかったが，ロバチェフスキとボヤイは，ついに新しい幾何学の樹立を宣言した．これを「非ユークリッド幾何学」という．それは，ギリシア幾何学が，エウクレイデスにちなんで「ユークリッド幾何学」ともよばれるからである．

公理主義

■射影幾何学の公理

1891 年，ドイツのハレで開かれた学会で，ヴィーナー (H. Wiener) という人が次のような趣旨の講演をおこなった．

われわれは，「点」とよばれるものと「直線」とよばれるものとを考える．また，点と直線との間に，ある種の関係を考え，1 つの点と 1 つの直線との間にその関係が成り立つとき，その点はその直線の「上にある」，または，その直線はその点を「通る」という．

そして，次の 4 つの命題を「公理」として採用する．

1. どの 2 つの点に対しても，それらを通る直線がただ 1 つ存在する．これを，それらの点を結ぶ直線という．
2. どの 2 つの直線に対しても，それらの上にある点がただ 1 つ存在する．これを，それらの直線の交点という．
3. パッポスの定理．
4. デザルグの定理．

われわれは，「点」とは何か，「線」とは何か，また「上にある」とか「通る」ということが何を意味するか，一切定義することをしない．しかし，何かそのような対象と，そのような関係とがあるとし，それらが上の4つの公理を満足するとすれば，われわれは，射影幾何学における「交点定理」をすべて証明することができる．

——これがヴィーナーの講演の要旨であった．射影幾何学における「交点定理」とは，「2点を結ぶ直線」と「2直線の交点」という概念しか使わず，かつその結論が「これこれの点は1直線上にある」とか，「これこれの直線は1点で交わる」という形であるような定理のことにほかならない．

■公理主義

この講演を聞いて，すばらしいアイディアを得た数学者があった．当時，ケーニヒスベルク大学にいたヒルベルト（D. Hilbert, 1862–1943）である．そのアイディアは，数学の思想に革命にも近い転換をあたえるものであった．

ヴィーナーは，「点」や「直線」や「上にある」「通る」などの基本的な用語には定義をあたえないという．しかし，彼は，それらの定義が理論の建設にとって不必要であるからあたえないだけの話で，彼は，それらの用語の背後にあくまでも「エウクレイデス流」のイメージを描いてはいるのである．

実は，エウクレイデスの『原論』の定義の中には，理論展開の途中で1回も用いられないものがある．それは，「点」「線」「直線」などの定義であって，これらが不要であることはすでに早くから知られていた．すなわち，これらの用語の定義は，エウクレイデスがこれらの用語の背後にどういうイメージを描いているかを読者に伝える以外，何の役割をも果たしてはいないのである．

ヴィーナーが，彼の理論の基本的な用語に定義をあたえなかったのは，このような事実をふまえてのことにほかならない．

しかし，この講演を聞いたヒルベルトは，もっと別のことを考えた．射影幾何学では「双対の原理」が成立する．ところが，ヴィーナーの4つの公理は，射影幾何学の公理ないしは定理である．だから，それらに「双対の原理」によって対応する命題もまた公理ないしは定理である．すなわち，これら4つの公理は，それらに出てくる「点」「直線」「通る」「上にある」等々の用語を，それぞれ「直線」「点」「上にある」「通る」等々と解釈して読んでも，依然として正しい．だとすれば，これらの公理から導かれるすべての定理についても同じことがいえるであろう．

このことに気づいたとき，ヒルベルトは，数学の理論はまさにこのようなものであるべきだと考えた．すなわち，その基本的な用語には定義をあたえるべきではなく，かつそれらの解釈を無制限に解放すべきである．しかし，その基本的な用語をどうにも解釈できないようなものは理論として認めてはいけない．

彼は，定義をあたえない基本的な用語のことをその理論の「無定義用語」といい，それらを解釈する辞書のことを，その理論の公理の集まり――これをその理論の公理系とよぶ——の「モデル」と称する．

彼の考え方は，次のような根拠にもとづいていた．

1. 多くのモデルをゆるせば，その理論を展開するのにより豊富な直観を利用できるようになる．また，その理論の応用範囲を飛躍的に広げることにもなる．
2. 無定義用語というものを認めれば，公理（エウクレイデス流にいえば公理・公準）が真であるか偽であるかは意味をなさない．他方，ユークリッド幾何学に対しても非ユークリッド幾何学に対しても，実数を利用することによって，エウクレイデス流の，問題の多いイメージとは無関係なモデルをつくることができる．したがって，第5公準から生じた「公理」の性格に関する諸問題は自然消滅してしまうであろう．

このような考え方を「公理主義」という．これは，現代数学を支配する極めて重要な考え方である．

■無矛盾性の問題

公理主義的な数学の理論の公理系がモデルをもつかどうかを調べることは極めて難しい問題である．しかし，次のことがわかっている．

公理系は，「無矛盾」であるとき，すなわちつじつまのあうものであるとき，およびそのときに限ってモデルをもつ．

しかし，これは，数学の根底をなす「集合論」の公理系が無矛盾であるという前提の下ではじめて成り立つことなのである．ところが，目下のところ，集合論の公理系の無矛盾性をたしかめることはほとんど絶望的だと考えられている．したがって，現代数学は，集合論を信用しなければどうにもならない状況にあるといわなければならない．

だが，数学者たちは，集合論の公理系の無矛盾性について，ほとんど疑いを抱いてはいないのである．また，たとえ何事かがおこったとしても，その公理系を微調整するなり何なりすることによって，やがて何とかなるに違いないと思っているのである．ギリシア以来の長い経験がそのような自信を生み出したのであろう．

10　確率論

パスカルとフェルマによりはじめられ，ラプラスによって大幅に発展させられた確率論は，公理主義の誕生によってあざやかに衣がえをした．その概略を紹介する．また，公理系とそのモデルとの関係にもふれる．

集合の概念

■確率論

この世の中には，サイコロを振る実験のように，ほぼ同じ条件のもとで何回でもくりかえすことができるが，その結果が，偶然に支配されていろいろに変わるようなものがある．銅貨を投げて表裏を調べる実験や，トランプをよく切ってその中からでたらめに1枚を抜き，そのマークを調べる実験など，この種のものは極めて多い．このような実験を一般に「試行」という．「確率論」とは，もともと，試行の結果としておこりうるいろいろの事柄の，おこりうる度合いを研究する数学の分野である．「確率」とは，そのおこりうる度合いのことにほかならない．

この理論は，パスカルおよびフェルマの先駆的な業績からおこり，ラプラス（P. S. Laplace，1749-1827）に至って一応の骨格ができ上がった．パスカルとフェルマとは，賭け事の問題に関連してこの種の考察を始めたのであった．その後，いろいろの人たちがこの理論に関係のある問題を研究したが，ラプラスは，「確率」の概念を彼なりに明確に定義し，それまでの諸研究を1つの理論にまとめ上げ，さらにそれを大幅に発展させたのである．

この，彼の理論は，一応「演繹的体系」としての体裁をととのえてはいた．しかし，それは，まだかなり不完全なものであった．これを公理主義的な理論の形にととのえたのはコルモゴロフ（A. Kolmogorov，1903-1987）である．

以下に，彼の理論の初等的な部分を紹介することにしよう．それには，少々「集合」と「写像」の概念について説明しておかなければならない．

■集合の概念

すでに述べたように，集合とはものの集まりのことである．たとえば，自然数全体，正の実数の全体などはみな集合である．しかし，数学の対象はあいまいなものであっては困るから，いくら「ものの集まり」であっても，その「区画」がはっきりしたものでなければ集合とはいわない．たとえば，「かなり大きな実数の全体」などは集合とはいわない．どこから先が「かなり大きい」のかはっきりしないからである．

集合は，$A, B, \cdots$；$X, Y, \cdots$などの文字で表される．

集合Aに入っている個々のものをAの「元（げん）」という．そして，ものaが集合Aの元であることを

$$a \in A$$

と書く.

集合はものの「集まり」であるから，それには元が複数個あることを予想させるが,「例外」をできるだけ少なくするため，便宜上，たった1つしか元を含まないような集合をもゆるすことにする．すなわち，数1だけから成る集合や数0だけから成る集合のようなものをも考えることをゆるすのである.

ところで，われわれはこの考えをさらに発展させる.

われわれは，しばしば2つの集合 A, B の「両方の元の全体」というものを考えることがある．たとえば，0以上の実数全体の集合 A と，1以下の実数全体の集合 B の「両方の元の全体」は,「0と1との間にある実数の全体」で，これもまた集合である．これを

$$A \cap B \tag{1}$$

と書き，A と B との「共通部分」という．(1)は「A ミート B」，あるいは「A キャップ B」と読む（図10-1).

「∩」は，2つの集合から1つの集合をつくり出す「演算」である．ちょうど，乗法「×」が2つの実数から1つの実数をつくり出す「演算」であるのと同じことである$(2\times 3=6, 1.5\times(-2)=-3, \cdots)$.

しかしながら，実は，演算∩は，2つの集合があたえられても,「つねに」集合をつくり出すとは限らないのである．たとえば，A を正の実数全体の集合，B を負の実数全体の集合とすれば，両方の元になっているものは1

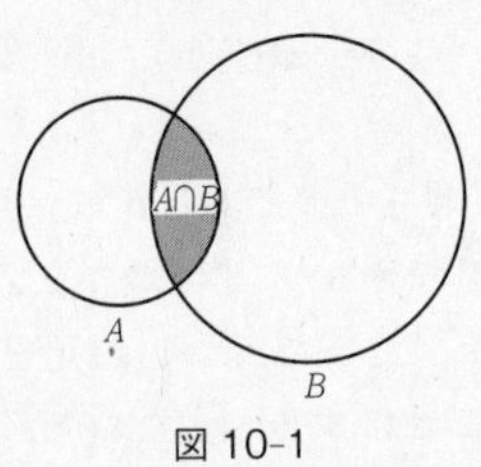

図 10-1

つもないから，その共通部分 $A \cap B$ は「ない」．だが，そのような「例外」は困る．何度も述べるように，このような例外は，数学者が一番いやがるものなのである．

そこで，元を1つも含まない集合を考えることとし，これを「空（くう）集合」という．これは，いわば人の住んでいない家，つまり空き家のようなものである．記号は $\emptyset$．そうすれば，正の実数全体の集合 A と負の実数全体の集合 B との共通部分 $A \cap B$ は空集合 $\emptyset$ だということになり，たしかに存在することになる．

■集合に関する基本事項

集合 A と B とは，その元がまったく重複するとき等しいといい

$$A = B$$

と書く．たとえば，2以上8以下の奇数全体の集合 A と，3以上10以下の素数全体の集合 B とは，いずれも元3, 5, 7から成るから，

$$A = B$$

この定義により，集合は，その元がどのようなものであるかが定まればただ1つに定まるから，集合 A が元 $a, b, c, \cdots$ からできているとき，A を

$$\{a, b, c, \cdots\}$$

と書くことがある．したがって，たとえば，$\{1, 3, 5\}$ は数1と数3と数5とから成る集合を，また $\{1, 2, 3, \cdots\}$ は自然数全体の集合を表す．$\{1\}$ が数1だけから成る集合を，また $\{\ \}$ が空集合を表すことはいうまでもない．

さて，集合 A の元がすべて集合 B の元になっているとき，A は B の「部分集合」であるといい

$$A \subseteqq B$$

と書く．もちろん，$A = B$ ならば $A \subseteqq B$ である．また，$A \subseteqq B$ かつ $B \subseteqq A$ ならば，A の元は B の元であり，B の元はまた A の元であるから，A, B の元はまったく重複する．よって，

$$A = B$$

2つの集合 A, B の「少なくとも一方の元になっているものの全体」は，1つの集合を形づくる．これを，A と B との「和集合」といい，

$$A \cup B \tag{2}$$

で表す（図10-2）．「$\cup$」も2つの集合から1つの集合をつくり出す演算である．(2)は「A ジョイン B」，あるいは「A カップ B」と読む．

$\cup$ と $\cap$ についてはいろいろの公式がある．たとえば，

$$A \cap (A \cup B) = A$$

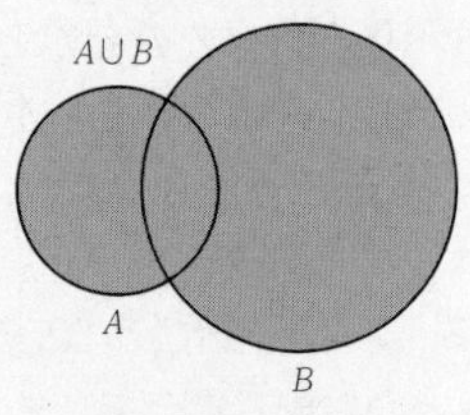

図 10-2

というのがある．これは次のようにして証明される．

2つの集合が等しいことをいうには，お互いに他方の部分集合になっていることをいえばよい．

だから，まず

$$A\cap(A\cup B) \subseteqq A$$

であることを示そう．

$$a \in A\cap(A\cup B)$$

ならば，a は A と $A\cup B$ の両方の元であるから，もちろん，

$$a \in A$$

よって，

$$A\cap(A\cup B) \subseteqq A$$

次に，

$$A \subseteqq A\cap(A\cup B)$$

であることをいおう．$A\cup B$ は，A, B の少なくとも一方の元であるものの全体だから，A の元はすべて，$A\cup B$ の元である．よって，A の元は，A と $A\cup B$ の「両方の元」であるから，$A\cap(A\cup B)$ の元である．ゆえに，

$$A \subseteqq A\cap(A\cup B)$$

したがって，$A\cap(A\cup B)$ と A とはお互いに他方の部分集合であることがわかったから

$$A\cap(A\cup B) = A$$

まったく同じような仕方で，次の諸公式を証明することができる．

$$A\cup B = B\cup A$$
$$(A\cup B)\cup C = A\cup(B\cup C)$$
$$A\cup(A\cap B) = A$$
$$A\cup(B\cap C) = (A\cup B)\cap(A\cup C)$$
$$A\cap B = B\cap A$$
$$(A\cap B)\cap C = A\cap(B\cap C)$$
$$A\cap(A\cup B) = A$$
$$A\cap(B\cup C) = (A\cap B)\cup(A\cap C)$$

■写像

以前に「関数」の概念を説明したが，これの定義は次のようなものであった．すなわち，2つの量 x, y があって，x の値が定まれば y の値も定まるとき，y を独立変数 x の関数といって，$f(x), g(x)$ などで表す．

いま，独立変数 x の関数 y があるとし，これを $f(x)$ と書くことにする．そして，独立変数 x のとりうる値全体の集合を A，関数 y のとりうる値全体の集合を B としよう（これらをそれぞれ x, y の「変域」という）．すると，A の元 a を任意にとれば，これに対して B の元 $b = f(a)$ が

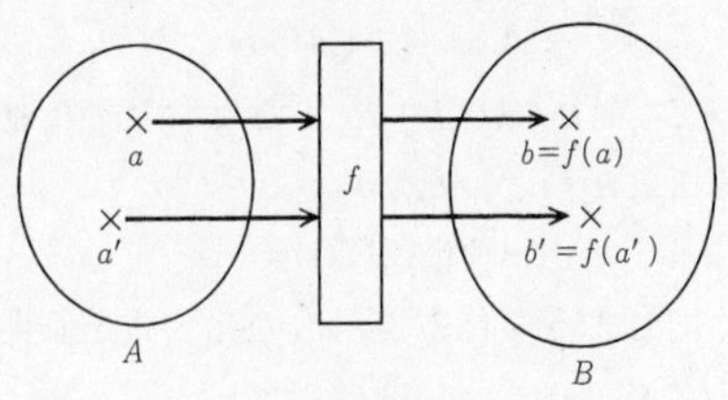

図 10-3

ただ1つ定まる.

したがって，図 10-3 のような1つの「仕組み」を想像することができるであろう．すなわち，集合 A と集合 B との間に何かある1つの「規則」f がある．そして，A から任意の元 a をとり出し，それをその規則 f にてらし合わせると，必然的に B の元 b がただ1つ定まる．それが $f(a)$ である.

——本項の表題である「写像」とは，この「規則」を一般化したものにほかならない．すなわち，任意の2つの集合 A, B に対し，ある規則 f があって，A のどの元 a に対しても，その f によって，B の元 b がただ1つ定まるとき，この f を A から B への「写像」といい，f が A から B への写像であることを

$$f : A \to B$$

と書く．そして，f によって，A の元 a から定まる B の元 b を，f による a の「像」といい $f(a)$ で表す．また，A を f の「定義域」，B を f の「終域」という.

規則 f は，A の各元に B の元を1つずつ定めるもので

あれば何でもよいのである．したがって，A の異なる2元 a, a' の f による像 $f(a), f(a')$ がつねに異なっている必要はないし，B の元 b に対して，$f(a)=b$ となるような A の元 a が必ずなくてはならないわけでもないことを注意しておこう．関数 $f(x)$ からえられる写像 f の場合には，B のどの元 b に対しても $f(a)=b$ となるような A の元 a が必ず存在する．したがって，このような写像はごく特殊なものなのである．

確率論

■サイコロを振る試行

サイコロを振る試行をおこなえば，次の6つの目のうちのどれかが出る．

$$1, 2, 3, 4, 5, 6 \tag{1}$$

そして，そのサイコロが正確にできていれば，その試行をおこなったとき，とくにどの目が出やすいということはない．したがって，何回も何回も試行をおこなえば，たとえば1の目は6回に1回の割合で出るであろう．もちろん，6回おこなえば必ず1回出る，というわけではない．試行を十分多数回，たとえば N 回おこなって1の目の出た回数 R を勘定する操作を何回も何回もくりかえせば，比率 R/N が1/6の近くに密集するであろうという意味なのである．他の目についても事情はまったく同様である．

さて，この「サイコロを振る」という試行の結果であるところの(1)の6つの目のおのおのを，この試行の「根元事象」という．そして，各根元事象に付随せしめられた 1/6 という数を，それらの根元事象の（おこる）「確率」という．ここで，根元事象全体の集合

$$\{1, 2, 3, 4, 5, 6\}$$

を D と書くことにすれば，D の各元に，それぞれその確率 1/6 を対応させる規則 f は，D から実数全体の集合 $\boldsymbol{R}$ への写像である．これを，この試行の「確率分布」という．もちろん

$$f(1) = f(2) = f(3) = f(4) = f(5) = f(6) = \frac{1}{6}$$

であるから

$$f(1)+f(2)+f(3)+f(4)+f(5)+f(6) = 1$$

である．

ところで，もしサイコロが正しくできていなかったとすれば，上の比率 R/N は必ずしも 1/6 に密集するとは限らない．いま，N 回試行をおこなったときの 1 の目の出た回数を R_1，2 の目の出た回数を R_2，…，6 の目の出た回数を R_6 とする．そして，この，N 回試行をおこなうという操作を何回も何回もくりかえしたとき，比率 $R_1/N, R_2/N, \cdots, R_6/N$ が密集していく値をそれぞれ $\alpha_1, \alpha_2, \cdots, \alpha_6$ としよう．このときには，それらの値 $\alpha_1, \alpha_2, \cdots, \alpha_6$ をそれぞれ根元事象 $1, 2, \cdots, 6$ の（おこる）「確率」という．そして，D の各元にその確率を対応させる，D から $\boldsymbol{R}$ への写像 g を，この場合の「確率分布」という．もちろん，

$$g(1) = \alpha_1,\ g(2) = \alpha_2,\ \cdots,\ g(6) = \alpha_6$$

である．そして，

$$R_1 + R_2 + \cdots + R_6 = N$$

であるから

$$\frac{R_1}{N} + \frac{R_2}{N} + \cdots + \frac{R_6}{N} = 1$$

しかるに，左辺の各項 $R_1/N, R_2/N, \cdots, R_6/N$ はそれぞれ $\alpha_1, \alpha_2, \cdots, \alpha_6$ に密集するのであるから，

$$\alpha_1 + \alpha_2 + \cdots + \alpha_6 = 1$$

でないと具合がわるい．したがって，この場合にも

$$g(1) + g(2) + \cdots + g(6) = 1$$

である．さらに，サイコロが正しくできていようと，そうでなかろうと，根元事象の確率は，つねに0以上，1以下である．

なお，銅貨を投げて表裏を調べる試行や，トランプをよく切り，その中からでたらめに1枚を抜いてマークを調べる試行など，他の試行についても，上と同様に，根元事象および確率分布を考えることができる．そして，それらについても上と同様のこと，すなわち，確率が0以上1以下であること，および確率の総和が1であることが成り立つ．

■コルモゴロフの公理系

確率論の基礎となるコルモゴロフの公理系は，上のような状況を抽象化したものである．以下にそれを説明しよ

う．

われわれは，Ω という有限個の元から成る集合と，Ω から実数全体の集合 $\boldsymbol{R}$ への写像 p とを考える．これらは，次の公理を満たす．

(1) Ω のどの元 a に対しても

$$0 \leqq p(a) \leqq 1$$

(2) $\Omega = \{a_1, a_2, \cdots, a_n\}$ とすれば

$$p(a_1) + p(a_2) + \cdots + p(a_n) = 1$$

以上が公理系である．そして，次のように定義する．

定義

上の公理系における集合 Ω と，写像 p との組 (Ω, p) のことを「(有限) 確率空間」といい，Ω の元をその「根元事象」，p をその「確率分布」という．

より高級な確率論では，根元事象が無限にたくさんある確率空間をも考えることがある．上の定義の「(有限) 確率空間」における「有限」という修飾語は，そのような高級な概念と区別するためのものである．しかし，われわれは，ここでは有限確率空間だけしか考えないので，この修飾語は省略してもさしつかえない．

定義

Ω の元 a の p による像 $p(a)$ を a の「確率」という．

上の公理系における「無定義用語」は「Ω」と「p」の 2 つである．それらが，どのような集合であるか，どのような写像であるかがまったく定義されていないからである．

正しいサイコロを振る試行を考え，上の公理系における Ω および p を，この試行における根元事象全体の集合 D，および確率分布 f の意味に解釈すれば，公理(1)，(2)はともに正しい命題となる．したがって，組 (D, f) は確率空間である．同様にして，正しくないサイコロを振る試行の場合にも，確率空間 (D, g) が得られる．

また，銅貨を投げて表裏を調べる試行における根元事象は「表」「裏」の2つであり，その銅貨が均質なものであれば，それらの確率はいずれも1/2である．したがって，根元事象全体の集合 $\{表, 裏\}$ を C とおけば，この試行の確率分布は

$$h(表) = \frac{1}{2}, \quad h(裏) = \frac{1}{2}$$

という（C から $\boldsymbol{R}$ への）写像 h である．そして，もちろん，組 (C, h) は確率空間となる．

さらに，トランプのカード52枚（ジョーカーは除く）をよく切って1枚をとり出し，そのマークを調べるという試行の根元事象は「スペード」「クラブ」「ダイヤ」「ハート」の4つであり，それらの確率はいずれも1/4と考えられる．したがって，

$$G = \{スペード,\ クラブ,\ ダイヤ,\ ハート\}$$

とおけば，この試行の確率分布は，

$$k(スペード)=k(クラブ)=k(ダイヤ)=k(ハート)=\frac{1}{4}$$

という（G から $\boldsymbol{R}$ への）写像 k である．組 (G, k) が確率

空間となることはいうまでもない.

以上の考察により，どのような「試行」からも，まったく同様の仕方で確率空間をつくりうることが察せられるであろう．その確率空間を，その試行に対応する確率空間という.

なお，試行とは無関係な確率空間もたくさんあることに注意しなければならない．有限個の元から成る集合 X と，X から $\boldsymbol{R}$ への写像 q とが公理(1)，(2)を満たしさえすれば，それらがどのようなものであっても，組 (X, q) は確率空間なのである．たとえば，$X = \{0\}$ とし，q を $q(0) = 1$ であるような X から $\boldsymbol{R}$ への写像とすれば，組 (X, q) は立派に確率空間としての資格をもっている.

以上のような「具体的」な確率空間がすなわち「確率論の公理系のモデル」にほかならない．公理主義による公理系とそのモデルとは，おおよそこのようなものなのである.

確率論の公理系から導かれるどの定理も，これらすべてのモデルに対して成立する．公理主義的な理論構成が，いかに大きな思考の経済をもたらすかがわかるであろう.

■確率論の諸概念

以下に，確率論における定理の例として，「ベイズ（T. Bayes, 1702-61）の定理」といわれるものを説明する．いくつかの準備からはじめよう.

定義

(Ω, p) が確率空間のとき，Ω の部分集合をその確率空間の「事象」という．

たとえば，サイコロを振る試行に対応する確率空間 (D, f) の事象 $\{2, 4, 6\}$ は，「偶数の目が出る」という事柄を表現している．また，事象 $\{5, 6\}$ は，「5以上の目が出る」という事柄を表現している．このように，事象とは，試行の結果として考えうる「事柄」の表現を抽象化した数学的概念なのである．

定義

事象 E が $a, b, \cdots$ という元から成るならば，

$$p(E) = p(a) + p(b) + \cdots$$

とおき，「E の（おこる）確率」という．

ある試行に対応する確率空間を (X, q) とし，その事象を

$$E = \{a, b, \cdots\}$$

とする．いま，十分多数回，たとえば N 回その試行をおこなって，E にぞくする根元事象 $a, b, \cdots$ のおのおのが現れた回数 $R_a, R_b, \cdots$ を調べ，$R_a/N, R_b/N, \cdots$ という比率をつくる，という操作を何回もおこなえば，比率 $R_a/N, R_b/N, \cdots$ は当然それぞれ $q(a), q(b), \cdots$ に密集する．よって，E の確率 $q(E)$ （$= q(a) + q(b) + \cdots$）は，N 回その試行をおこなって，E にぞくする根元事象がおこった回数 R （$= R_a + R_b + \cdots$）を調べる，という操作を何回も何回もおこなったときに，比率 R/N が密集していく

値にほかならない．それゆえ，事象の確率は根元事象の確率の拡張なのである．

サイコロ振りの試行で，「偶数の目が出る」という事柄を表現する事象 $A=\{2,4,6\}$ の確率 $f(A)$ は

$$f(2)+f(4)+f(6)=\frac{1}{6}+\frac{1}{6}+\frac{1}{6}=\frac{1}{2}$$

また，「5 以上の目が出る」という事柄を表現する事象 $B=\{5,6\}$ の確率 $f(B)$ は

$$f(5)+f(6)=\frac{1}{6}+\frac{1}{6}=\frac{1}{3}$$

である．

次の定理はあきらかであろう．

定理

E, E' が確率空間 (Ω, p) の事象のとき，$E\cap E'=\phi$ ならば

$$p(E\cup E')=p(E)+p(E')$$

定義

E, F が確率空間 (Ω, p) の事象で，$p(F)$ が 0 でないとき，事象 $E\cap F$ の確率 $p(E\cap F)$ と F の確率 $p(F)$ との比

$$\frac{p(E\cap F)}{p(F)}$$

を，「F がおこったとき E のおこる条件付確率」といい，

$$p_F(E)$$

で表す．

いま，ある試行に対応する確率空間 (X, q) の 2 つの

事象を A, B とし，B のおこる確率 $q(B)$ が 0 でないとする．このとき，その試行を N 回おこなって，B にぞくする根元事象がおこった回数 R を調べるという操作をくりかえす際，$A\cap B$ にぞくする根元事象がおこった回数 S をも同時に調べることにすれば，比率 S/R は

$$\frac{\frac{S}{N}}{\frac{R}{N}}$$

に等しいから，当然

$$\frac{q(A\cap B)}{q(B)}$$

すなわち $q_B(A)$ に密集するであろう．

したがって，$q_B(A)$ は，B がおこったときに，同時に A もおこっている割合のことにほかならない．条件付確率の意味は，これより察せられるであろう．

■ベイズの定理

ベイズの定理とは，次のようなものである．

定理

(Ω, p) を確率空間とし，E, E', F を次のような事象とする．

（i）$p(E)\neq 0$，$p(E')\neq 0$，$p(F)\neq 0$

（ii）$E\cap E'=\emptyset$，$E\cup E'=\Omega$

このとき

$$p_F(E) = \frac{p(E)p_E(F)}{p(E)p_E(F)+p(E')p_{E'}(F)}$$
$$p_F(E') = \frac{p(E')p_{E'}(F)}{p(E)p_E(F)+p(E')p_{E'}(F)}$$

〔証明〕　第1の式だけ証明する．第2の式の証明も同様である．まず，

$$F = \Omega \cap F = (E \cup E') \cap F = (E \cap F) \cup (E' \cap F)$$
$$(E \cap F) \cap (E' \cap F) = (E \cap E') \cap F = \emptyset \cap F = \emptyset$$

であるから

$$\begin{aligned} p(F) &= p((E \cap F) \cup (E' \cap F)) \\ &= p(E \cap F) + p(E' \cap F) \end{aligned} \tag{1}$$

ところで，証明すべき式の右辺の分子は

$$p(E)p_E(F) = \frac{p(E)p(E \cap F)}{p(E)} = p(E \cap F)$$

また，分母は

$$\begin{aligned} & p(E)p_E(F) + p(E')p_{E'}(F) \\ &= \frac{p(E)p(E \cap F)}{p(E)} + \frac{p(E')p(E' \cap F)}{p(E')} \\ &= p(E \cap F) + p(E' \cap F) \\ &= p(F) \qquad \text{((1)による)} \end{aligned}$$

したがって，

$$\text{証明すべき式の右辺} = \frac{p(E \cap F)}{p(F)} = p_F(E)$$

これは，証明すべき式の左辺にほかならない．

たとえば，全人口の2%がある病気にかかっていると

し，ある診断法によって，それにかかっている人をかかっていないと誤診する割合が4%，逆にかかっていない人をかかっていると誤診する割合が10% であるとする．いま，ある人がその病気であると診断されたとき，本当にその病気にかかっている率はどのくらいであろうか．

これに対して，次のような根元事象を考える．

$a=$ 病気にかかっていて，かかっていると診断される．

$b=$ 病気にかかっていて，かかっていないと診断される．

$c=$ 病気にかかっていなくて，かかっていると診断される．

$d=$ 病気にかかっていなくて，かかっていないと診断される．

そして，ランダムに人間を抜き出し，その診断法と精密検査とで，a, b, c, d のどれであるかを調べるという試行に対応する確率空間を (X, q) としよう．$A=\{a, b\}$ は，「病気にかかっている」という事柄を表現する事象であるから，仮定により，

$$q(A) = 0.02$$

したがって，$A'=\{c, d\}$ とおけば，

$$q(A') = 1-q(A) = 0.98$$

他方，$B=\{a, c\}$ は，「かかっていると診断される」という事柄を表現する事象であるから，仮定により，

$$q_A(B) = 1-0.04 = 0.96$$

$$q_{A'}(B) = 0.10$$

ゆえに，ベイズの定理により，求める率は

$$q_B(A) = \frac{q(A)q_A(B)}{q(A)q_A(B)+q(A')q_{A'}(B)} = 0.16\cdots$$

これはいかにも小さい．いわゆる「集団検診」のもつ宿命である．

11　構造主義と数理科学

構造主義は公理主義を深化したものである．構造の概念は諸科学と数学との関係を明確にし，多くの科学に数理化するきっかけをあたえた．これらのことを解説する．

数学的構造

■群の公理系

確率論の公理系は，「確率空間」とよばれるものを記述するという形になっている．そして，その確率空間は，「根元事象」といわれるものから成る集合 Ω と，「確率分布」とよばれる，Ω から実数全体の集合 $\boldsymbol{R}$ への写像 p との「組」(Ω, p) である．

ところが実は，公理主義の立場から構成される数学の理論の公理系は，すべてこのようなものと見ることができるのである．すなわち，何らかのそのような「組」を記述するものと見ることができるのである．

その様子をあきらかにするため，いくつかの例をあげよう．

まず，現代数学において非常に重要な役割を演ずる「群論」の公理系を紹介する．

空でない集合 G の上に，その任意の 2 つの元 a, b から第3の元cをつくり出す1つの演算$*$が定められているとする（cを$a*b$と書く）．このGと$*$は次の公理を満たす．

(1) $(a*b)*c=a*(b*c)$

(2) Gには特定の元eがあって，Gのどの元aに対しても

$$a*e=e*a=a$$

が成立する．

(3) GからGへの特定の写像rがあって，Gのどの元aに対しても

$$a*r(a)=r(a)*a=e$$

が成立する．

定義

組$(G,*,e,r)$を「群」といい，Gをその「基礎集合」，eをその「単位元」という．

定義

Gの任意の元aに対し，$r(a)$をその「逆元」という．

この公理系の無定義用語は，もちろん，$G,*,e,r$の4つである．

さて，たとえば，集合Gを実数全体の集合$\boldsymbol{R}$，$*$を通常の加法$+$，eを0，rを，$\boldsymbol{R}$の元aに$-a$を対応させる写像fと解釈することにすれば，上の公理はそれぞれ次のようになって，すべて正しい．

(1) $(a+b)+c=a+(b+c)$

(2) $a+0=0+a=a$

(3)　$a+(-a)=(-a)+a=0$

よって，組 $(\boldsymbol{R}, +, 0, f)$ は群である．

また，集合 G を正の実数全体の集合 $\boldsymbol{R}^+$，$*$ を通常の乗法×，e を 1，r を，$\boldsymbol{R}^+$ の元 a にその逆数 $1/a$ を対応させる写像 g と解釈することにすれば，上の公理はそれぞれ次のようになって，すべて正しい．

(1)　$(a\times b)\times c=a\times(b\times c)$

(2)　$a\times 1=1\times a=a$

(3)　$a\times \dfrac{1}{a}=\dfrac{1}{a}\times a=1$

よって，組 $(\boldsymbol{R}^+, \times, 1, g)$ は群である．

このように，具体的な群は非常にたくさんある．群論が有用なものである理由はまさにここにあるのである．

■順序集合の公理系

「順序集合の理論」も現代数学で非常に重要な役割を演ずる．その公理系は次の通りである（以下に現れる「2つの元の間の関係」とは，「大小関係」とか「相等関係」などというような種類の関係である）．

空でない集合 L の上に，2つの元の間のある関係 ρ があたえられ，どの2つの元 a, b に対しても，それらの間にその関係が成り立つか，成り立たないかが明確に定められているとする（a と b との間にその関係が成り立つことを $a\rho b$ と書く）．この L と ρ とは次の公理を満たす．

(1)　$a\rho a$

(2)　$a\rho b, b\rho a$ ならば $a=b$

(3)　$a\rho b, b\rho c$ ならば $a\rho c$

定義

組 (L, ρ) を「順序集合」といい，L をその「基礎集合」，ρ をその「順序関係」という．

定義

$a\rho b$ のとき，「a は b 以下である」「b は a 以上である」という．

たとえば，L を実数全体の集合 $\boldsymbol{R}$，ρ を通常の「等号つきの不等号 $\leqq$」と解釈することにすれば，上の公理はそれぞれ次のようになって，すべて正しい．

(1)　$a \leqq a$

(2)　$a \leqq b, b \leqq a$ ならば $a=b$

(3)　$a \leqq b, b \leqq c$ ならば $a \leqq c$

よって，組 $(L, \leqq)$ は順序集合である．

また，L を自然数全体の集合 $\boldsymbol{N}$，ρ を「約数である」という関係と解釈することにすれば，上の公理はそれぞれ次のようになって，すべて正しい．ただし，a が b の約数であることを $a|b$ と書くことにする．

(1)　$a|a$

(2)　$a|b, b|a$ ならば $a=b$

(3)　$a|b, b|c$ ならば $a|c$

よって，組 $(\boldsymbol{N}, |)$ は順序集合である．

すなわち，群の場合と同様，この場合にも，具体的な順序集合はたくさんある．この理論が現代数学で，極めて有用なものであるのはこのためである．

■射影幾何学の公理系

確率論の公理系，および上の2つの公理系は，現代の数学の理論の公理系の典型的な例である．したがって，現代の数学の理論の公理系が，すべて，ある「組」を記述するものと見られること，および，その組が，すべて，ある1つの「もとになる集合」と，それに関連するいくつかの対象，すなわちその特定の元，それを定義域とする写像，その上の演算，あるいはその2元の間の関係などから成るものであることが見てとれるであろう．その「もとになる集合」のことを，その公理系が記述する組の「基礎集合」という．したがって，現代数学の理論の公理系が記述する組は，すべて，基礎集合と，それに関連するいくつかの対象との組だということができる．

さて，これまでにあげた公理系が記述する組は，すべて，基礎集合を1つしか含んでいなかった．しかし，中には2つも3つも基礎集合を含むようなものもあるのである．ここでは，その例として，射影幾何学の公理系をあげてみよう．

空でない2つの集合 P, L があり，P の元と L の元との間に β という記号で表される関係が考えられ，P の元 A と L の元 l があたえられたとき，$A\beta l$ であるかないかが明確に定められているとする．これらの集合 P, L と関係 β とは次の公理を満たす．

(1) $A\beta l$ が成りたたないような A, l が少なくとも1組存在する.

(2) L のどの元 l に対しても, $X\beta l$ を満たすような P の元 X が少なくとも3つ存在する.

(3) P の相異なる2元 A, B に対して, $A\beta l, B\beta l$ であるような L の元 l がただ1つ存在する.

(4) L の相異なる2元 l, m に対して, $A\beta l, A\beta m$ であるような P の元 A がただ1つ存在する.

定義

組 (P, L, β) を「一般射影平面」といい, P の元をその「点」, L の元をその上の「直線」という. また, P の元 A と L の元 l との間に $A\beta l$ が成り立つとき, 点 A は直線 l の「上にある」とか, 直線 l は点 A を「通る」とかいう.

たとえば, P を, 無限遠直線をつけ加えた平面上の点全体の集合 X, L を同じくその上の直線全体の集合 Y と解釈し, X の元 A と Y の元 l との間に $A\beta l$ が成り立つことを, A が, 点の集合としての l の元であること, すなわち $A \in l$ であることと解釈することにすれば, あきらかに上の公理はすべて成立する. よって, 組 $(X, Y, \in)$ は一般射影平面である.

また,

$$M = \{1, 2, 3, \cdots, 7\}$$

なる集合を考え, その7つの部分集合から成る集合

$$\{\{1,2,7\},\{2,3,5\},\{1,3,6\},\{1,4,5\},\{2,4,6\},\{3,4,7\},\{5,6,7\}\}$$

を N とする．そして，上の公理系の P を M，L を N と解釈し，M の元 A と N の元 l との間に $A\beta l$ が成立することを，

$$A \in l$$

であることと解釈することにすれば，上の公理はすべて正しくなる．よって，組 $(M, N, \in)$ は一般射影平面である．

もちろん，この理論の公理系はたいへん貧弱なものであるから，あまり多くの定理を証明することはできない．すなわち，通常の射影幾何学の定理を全部証明するのには，まだまだ公理をふやさなければならない．しかし，これだけでも結構面白い理論を展開することができるのである．

さて，この公理系が記述する組 (P, L, β) は，P と L という 2 つの基礎集合を含んでいる．これとまったく同様の考え方で，平面のユークリッド幾何学の公理系として，やはり，点の集合 P と直線の集合 L という 2 つの基礎集合をふくむ組を記述する形のものを構成することができる．この組を「ユークリッド平面」という．また，この線で空間のユークリッド幾何学の公理系を考えれば，それは当然，3 つの基礎集合をふくむ組を記述する形のものになるであろう（点の集合 P，直線の集合 L の他に，今度は平面の集合 E がふえるのである）．この組を「ユークリッド空間」という．

■数学的構造

以上述べたことからもわかるように，公理主義的な立場から建設される数学の理論の公理系は，いくつかの基礎集合 $A, B, \cdots$ と，それらに関連するいくつかの対象 $\alpha, \beta, \cdots$ との組

$$(A, B, \cdots, \alpha, \beta, \cdots)$$

を記述するという形をとる．

一般に，公理主義的な数学の理論の公理系が記述するこのような組のことを「(数学的) 構造」という．逆にいえば，いくつかの集合と，それらに関連するいくつかの対象との組で，いくつかの公理を満たすもののことを「構造」とよぶわけである．ところで，公理主義は，現代の数学界を圧倒的に支配している思想である．してみれば，現代数学の理論の研究対象は，すべて，何がしかの「構造」であるということができるであろう．

公理主義的な数学の理論の研究対象がすべて構造であるというところから，公理主義はまた「構造主義」ともよばれる．

ヒルベルトが公理主義をとなえはじめたころは，数学の理論の公理系が構造を記述するという事実はあまり明確には認識されていなかった．

このことが十分に認識されるようになったのは，フレッシェ（M.-R. Fréchet, 1878-1973）およびハウスドルフ（F. Hausdorff, 1868-1942）による「位相空間論」，および，ネーター（E. Noether, 1882-1935）の学派による「抽

象代数学」の諸理論がかなり発展してからのことである．これらの公理系は，いずれも，明確にある種の組を記述するという形をとっていた．ブルバキ（N. Bourbaki，メンバーがたえず新陳代謝する，フランスの優秀な数学者の集団）は，これを見て，炯眼(けいがん)にも，数学のどの理論もみな，「位相空間論」や「抽象代数学」の各理論などのような形に展開できることに気づいた．そして，「構造」の概念を導入し，さっそく数学の各理論を，何らかの構造を研究対象とする理論の形に書きあらためる仕事にとりかかったのである．1930 年代のことであった．したがって，数学の指導思想としての構造主義の成立はこのころだといってよいであろう．

数理科学

■ニュートン力学

ニュートンは，その力学により，宇宙の数学的記述に成功した．すなわち，その力学の諸法則により，天体の運行現象のすべてを数量的に説明し，かつ数量的に予測することに成功した．これはまったく画期的なことである．もちろん，それまでの「科学」も，それが対象とする現象や事象を説明し，かつその未知の部分を予測することを目標とするものではあった．しかしながら，それらのすべてを「数量的」におこなうことは不可能であった．したがって，ニュートン力学の成立により，科学界はまったく新しい時代に入ったといってよいであろう．その後，諸科学は，すべてこのニュートン力学のあり方をその理想とするようになっていった．すなわち，それらが対象とする現象や事象に対して法則をたててこれらを数量的に説明し，かつその未知の部分を数量的に予測しよう，というわけである．

もっとも，ユークリッド幾何学は，もともと「測量理論」であり，したがって，われわれの身のまわりにある「形」と「大きさ」についての科学である．そしてそれは，形と大きさについてのいろいろの事柄を数量的に説明し，かつその未知の部分を数量的に予測する力をもっている．たとえば，われわれは，三角形の2つの辺の大きさとその間の角の大きさを知れば，第3の辺の長さを正確に予測することができる．その意味では，これは，ニュートン力学成立以後の科学の理想とするところを，2000年もの昔に，すでに立派に実現していたわけである．

そしてまた，すでに述べたように，ヨーロッパでは，このユークリッド幾何学が学問の理想と考えられていたことも事実である．しかし，正直なところ，実際問題として，この域にまで達しうる科学が他にもあるとはまったく考えられていなかった．ところが，ニュートン力学が成立したのである．これが，諸科学の学者たちに対する大きな激励となったことはあきらかであろう．ニュートン力学が科学界に新しい時代を開くことになった背後には，このような事情もあったのである．

ただ，いささか問題はあった．すなわち，ニュートンの『プリンキピア』は一応演繹的体系としての「体裁」をととのえてはいたけれども，それは極めて不完全なものだったのである．よりくわしくいえば，ニュートンは，例の3つの法則と万有引力の法則との4つを「公理系」のように扱うが，しかし彼は，その他のこと，とくに幾何学的な公理や定理をも無断で，しかもふんだんに使うのである．これはあまり望ましいことではない．

だがこれは，オイラー（L. Euler, 1707-1783），ラグランジュ（J. L. Lagrange, 1736-1813）らの努力により，すっきりと解決された．すなわち，彼らは，ニュートン力学を，ユークリッド空間における「軌道」，すなわちある種の微分方程式で表される曲線を扱う分野として整理することにより，完全な演繹的体系にかえることに成功したのである．このように整理されたニュートン力学を「解析力学」という．

■数理科学

ニュートン力学の上述のような推移は，他の科学の動向にも強い影響をあたえた．すなわち，諸科学の学者たちは，その学問の対象を，既成の数学的体系，すなわちユークリッド平面やユークリッド空間，あるいは自然数全体の集合や実数全体の集合などにおける何らかの対象に転化することを試みはじめた．そして，徐々に成功例がふえていった．

ところで，これら既成の数学的体系は，いずれも，かの「構造」としてとらえることができる．すでにわれわれは，ユークリッド平面やユークリッド空間が構造としてとらえられることを述べたが，たやすく察せられるように，自然数全体の集合や実数全体の集合なども，やはりそれぞれ「構造」としてとらえることができるのである．

ところが，「構造主義」が成立するや，非常に多くの他の構造が既成の数学の中から急速に認識抽出され，また新しい有効な構造が続々と創造されはじめた．そして，それらについての理論が相互に影響し合いながら，またからみ合いながら発展し，数学の世界をどんどん膨張させ，変貌させていった．

このような状況が，諸科学に対し「数学化」する機会を大幅に増加させたことはあきらかであろう．その科学の対象が，たとえ，ユークリッド平面や自然数全体の集合などの古来の体系内の対象には転化できなくても，他の構造上の対象（ないしは構造それ自身）には転化できるかもしれないからである．少なくとも，いくつかの強力な原理ないしは法則を確立し得た科学では，その基本的な用語を「無定義用語」と見なし，それらの原理ないしは法則を「公理系」と見れば，それは何がしかの構造を記述するものと見ることができるであろう．したがって，科学がある程度進歩すれば，それは必然的に「数学化可能」なものとなるのである．

一般に，対象とする現象や事象を，ある構造上の対象ないしは構造それ自身に転化することに相当程度成功した科学のことを「数理科学」という．そして，その対象を転化して得られた数学的対象を，もとの対象の「数学モデル」という．

数理科学では，対象の数学モデルを分析し，そのいろいろの性質を数学的に導き出す．そして，それらをもとの現象や事象の性質と比較する．このとき，もしそれらがぴったりと合えばその科学は一応成功したものと見なされるが，合わなければ，数学モデルをしかるべく修正する．そして同様の操作をくりかえす．つまり，数理科学は，このような一種の試行錯誤によって進行していくのである．

ただし，この試行錯誤は，決して行きあたりばったりのものではなく，どこをどう直したらよいかがおおよそ予想される状況においての試行錯誤なのである．したがって，科学がいったん数理化すれば，その後は極めて堅実な歩み方が可能となるといってよい．そして，一歩一歩ニュートン力学の域へと上昇していくことができるのである．

諸科学の数理化を推進するのに大きな役割を果たした事情がもう１つある．それはいわゆる「コンピュータ」の出現である．それまでの数理科学は，その圧倒的多数がいわゆる自然科学であった．人文科学や社会科学では，たとえその対象をある構造ないしはある構造上の対象に転化しうることがわかっても，データが膨大かつ複雑すぎて処理できないために，その数学モデルを明確に記述し得ない場合が多かったからである．しかし，コンピュータは，それまでの常識をはるかに超えた巨大かつ超高速のデータ処理機構である．これを利用することによって，人文科学や社会科学からも数理化するものがしだいに現れてきた．とくに，種々の計画科学の数理化には非常にいちじるしいものがある．このような傾向は，科学全般にわたって今後ますます強まることであろう．

12 コンピュータ

コンピュータは，現今の社会を急速に変えつつある重大な存在である．これが，おおよそいかなる構造と性能をもつものであるかを紹介する．

コンピュータの構造

■コンピュータのユニット

コンピュータ（電子計算機）は，現在，非常な勢いで進歩し，社会や文化の様相を急速に変化させつつある重要な存在である．これは，フォン・ノイマン（J. von Neumann，1903-1957）のアイディアから生まれた．以下では，このコンピュータなるものがおおよそいかなる構造をもち，いかなる性能をもつものであるかを説明する．

コンピュータは，次の5つの「ユニット」からなる．

（1） 記憶装置
（2） 演算装置
（3） 制御装置
（4） 入力装置
（5） 出力装置

記憶装置は，計算のもとになるデータ，および計算の手順を示す「プログラム」なるものを格納しておく場所である.

演算装置は，制御装置の指令に従って，データに種々の演算を適用し，それらをいろいろに加工変形する場所である.

制御装置は，プログラムに従って，各ユニットに指令を発する部分である.

入力装置は，制御装置の指令に従って，外部からデータを記憶装置の指定されたところに格納する部分である．データは，小さな穴がたくさんあいたカード（パンチ・カード）やテープなどの形で外部に待機させられている.

出力装置は，制御装置の指令に従って，記憶装置の指定されたところに格納されているデータを，外部へ放出する部分である．データの放出の仕方には，タイプライターでたたき出すとか，ブラウン管上に文字や図形で表示するとか，種々様々の方式が工夫されている.

次に，これらのユニットのはたらきをもう少しくわしく説明しよう．それには，「記憶装置」の構造を説明するのが一番近道である．これがわかれば，必然的に他のユニットのはたらきもまたおのずからあきらかとなるからである.

■記憶装置

記憶装置は，非常に多くの「セル」といわれるものから成り立っている（その個数は $K = 2^{10} = 1024$ を単位としてはかられる)．それらのセルは，1列に並べられ，

0, 1, 2, 3, …というふうに通し番号がふられていて，その番号はその「番地」とよばれる．

各セルは，図のようにいくつか（通常は数個ないしは数十個）の「ビット」とよばれる部分に分かれている．そして，各ビットは，つねに0または1のどちらかの状態にある．各ビットのそれぞれの状態を左から順に並べて得られる（0と1からなる）列を，そのセルに入っている「語」という．

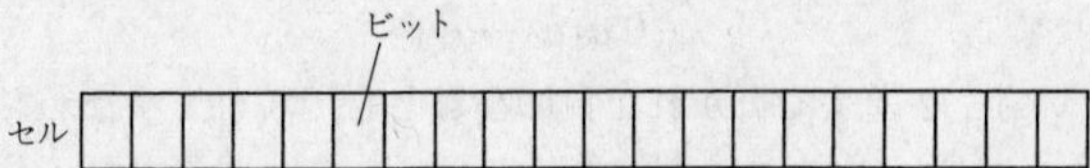

以下，簡単のために，セルは$128K$個あるとしよう（$128 = 2^7$であるから，$128K = 2^7 \times 2^{10} = 2^{17}$である）．また，各セルは20個のビットからなるとする（このことを「セルは20ビットから成る」とか，「セルは20ビットである」などという習慣である）．そうすれば，語は

$$a_0a_1a_2\cdots a_{19} \tag{1}$$

という形をしているわけである．もちろん，$a_0, a_1, a_2, \cdots, a_{19}$はいずれも0か1かのどちらかである（$128K$の128とか，20ビットの20という数にはあまり大した意味はない．説明を具体的にするために，あまり非常識でない数をかりにえらんだだけの話である）．

■数値語

語には2通りの読み方がある．その1つは，これを

「数」として読む読み方である．それには次のようにする．

まず，a_0 が 0 ならば，語(1)を，

$$0.a_1a_2\cdots a_{19}$$

という，2 進法で書かれた小数として読む．すなわち

$$\frac{a_1}{2}+\frac{a_2}{2^2}+\cdots+\frac{a_{19}}{2^{19}}$$

という数として読む．また，a_0 が 1 ならば，語(1)を

$$-0.a_1a_2\cdots a_{19}$$

という，2 進法で書かれた負の小数として読む．すなわち

$$-\left(\frac{a_1}{2}+\frac{a_2}{2^2}+\cdots+\frac{a_{19}}{2^{19}}\right)$$

という負の数として読む．

もちろん，こうした読み方は機械によっても異なりうる．たとえば，$a_0=1$ の場合，(1)を

$$-1+0.a_1a_2\cdots a_{19}$$

と読む機械も多い．しかし，いずれにせよ，語を数として読む仕方が，2 進法による数の表現を基礎としていることは同じである．

ふつう，数を表すものと見た語を「数値語」という．

■命令語

語の第 2 の読み方は，これをコンピュータに対する命令として読む読み方である．

これを説明するのには，「演算装置」のしくみについて

少々説明しておかなければならない．

演算装置には，記憶装置のセルに似た「データを収容する部分」がある．これを「アキュミュレータ（accumulator)」という．アキュミュレータは，セルと同様，いくつかの「ビット」から成る．何個のビットから成るかは機械によって異なるが，ここでは，セルと同様，20ビットから成るものとしよう．アキュミュレータに入っている語は,「数」としてしか読まれない．そして，数として読む読み方は，セルに入っている語の場合と同様である．

さて，セルに入っている語を命令として読む読み方であるが，これも機械によって種々様々である．しかし，その本質的な部分はどの機械でも同じである．そこで，ここではその一例を紹介して，他を察していただくことにしよう．

まず，セルのビットを次のように2つの部分に分ける．

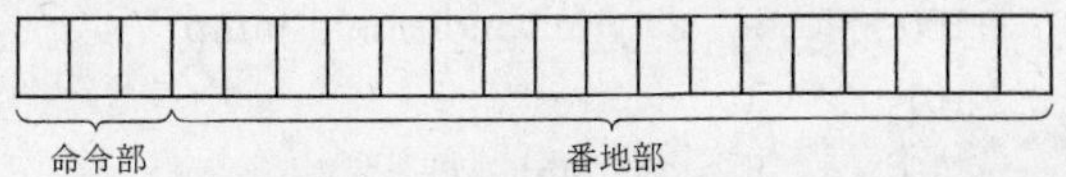

そして，命令部に入っている，3個の0と1の列を「命令」の種類と解釈し，番地部に入っている17個の0と1の列

$$d_{16}d_{15}\cdots d_2 d_1 d_0$$

を，2進法で書かれた整数，すなわち

$$d_{16}\times 2^{16}+d_{15}\times 2^{15}+\cdots+d_2\times 2^2+d_1\times 2+d_0$$

なる整数として読み，どこかのセルの「番地」を表すものと

解釈する．セルは全部で $128K$ 個，すなわち 2^{17} 個あるから，それらの番地は 2 進法で 0 から 11111111111111111 $(=2^{17}-1)$ までであり，したがって，番地部に入っている数は必ずどれかのセルの番地として解釈することができる．また逆に，どのセルの番地も，各セルの番地部に書き込むことができる（$128K$ の 128 $(=2^7)$ は，このようにうまくつじつまがあうように選んだのである）．

さて，命令部に入りうる 3 個の 0 と 1 との列を，簡単のために次のようなアルファベットで表すことにしよう．右に書いてあるのはその「意味」である（あとでくわしく説明する）．

000	C	clear
001	O	out
010	M	minus
011	P	plus
100	U	unconditional jump
101	T	test
110	E	end
111	R	read

これらのアルファベットを代表的に X と書くことにすれば，語は一般に

$$\mathrm{X}m$$

という形をしていることになる．m は，番地部に入っている整数で，もちろん 0 以上 $2^{17}-1$ 以下である．

さて，語を命令として読む読み方は次の通りである．た

だし，ACC はアキュミュレータを，(ACC) は ACC に入っている語の表す数を，また (m) は m 番地のセルに入っている語の表す数を表すものとする．

$\mathrm{C}m$：(ACC) を m 番地のセルに入れ，ACC を白紙にせよ（clear せよ）．

$\mathrm{O}m$：(m) を出力装置から外部へ放出せよ（out せよ）．

$\mathrm{M}m$：$(\mathrm{ACC}) - (m)$ を計算し（つまり「minus」の演算を実行し），答えを ACC に入れよ．

$\mathrm{P}m$：$(\mathrm{ACC}) + (m)$ を計算し（つまり「plus」の演算を実行し），答えを ACC に入れよ．

$\mathrm{U}m$：（通常，制御装置は，ある番地のセルに入っている命令を実行し，次には，その次の番地のセルに入っている命令を実行し，次には，その次の番地のセルに入っている命令を実行し，……という具合に仕事を進めるのであるが，この種の命令に出会ったときには，次には）無条件に（unconditionally に）m 番地のセルに飛んで（jump し），そこにある命令を実行せよ．

$\mathrm{T}m$：(ACC) が正であるかどうかを判定し（test し），そうであれば通常通り次の番地のセルに入っている命令を実行し，そうでなければ m 番地のセルに飛んで，そこにある命令を実行せよ．

$\mathrm{E}m$：番地部の m のいかんにかかわらず作業をやめよ（end せよ）．

$\mathrm{R}m$：入力装置に待機しているデータ（これらはすべて

数である）のうち一番先頭のものを m 番地のセルに読み込め（read せよ）.

ふつう，命令を表すものと見た語を「命令語」という.

■コンピュータの使い方

ある目的のためにつくられた命令語の列を「プログラム」という．たとえば，次のプログラムは，制御装置に，下に述べるような仕事をさせる.

(1)　R100
(2)　R101
(3)　C102
(4)　P100
(5)　M101
(6)　C102
(7)　O102

(1)：入力装置に待機している先頭のデータ（これを a と書く）を 100 番地のセルに読み込む.

(2)：入力装置に待機している次のデータ（これを b と書く）を 101 番地のセルに読み込む.

(3)：ACC に入っている（余計な）データを，102 番地のセルに追放し，(ACC) を 0 にする（それ以前に 102 番地のセルに入っていたデータは消えてしまう）.

(4)：(100) すなわち a を ACC に入れる.

(5)：(ACC) すなわち a から，(101) すなわち b を引き，答え $a-b$ を ACC に入れる.

(6)：(ACC) すなわち $a-b$ を 102 番地のセルに入れ，(ACC) を 0 にする（102 番地にさっき入れた余計なものは消えてしまう）．

(7)：(102) すなわち $a-b$ を出力装置から外へ放出する．

つまり，制御装置は（あるいは，「コンピュータは」といっても同じであるが），入力装置に待機している a, b というデータの差を計算し，それを出力装置から外へ放出するわけである．

コンピュータを使うには，まず，一連のデータと，一連のプログラムとを記憶装置に格納する．ただし，それをどのようにしておこなうかについては，機械ごとに定まった方法がある．次に，入力装置に，途中で必要になるデータを，必要になるものの順に待機させる．そして，最初に実行されるべき命令の入ったセルの番地を指定して，始動ボタンを押すのである．

コンピュータの性能

■コンピュータの能力の差違

コンピュータとは，おおよそ上に述べたようなものであるが，上の記述からも察せられるように，それには極めて大きな多様性がある．記憶装置の大きさ（これを「記憶容量」という）もいろいろであれば，演算装置のおこないうる演算の種類やその演算を実行するのに要する速度もいろいろである．また，次のようなこともある．

一般に，ACC のように，記憶装置以外のところにある「データを収容する場所」のことを「レジスタ」という．上に説明したコンピュータでは，レジスタは ACC 1 つだけであったが，多くのコンピュータでは，演算装置や制御装置に，他のいろいろのレジスタをおき，それに関連した命令語を導入して，プログラムをよりつくりやすくする工夫がなされている（ただし，命令語の種類をふやすには，当然のことながら，命令部のビット数をふやさなければならない）．

しかし，ここで強調しておかなければならないのは，そのような工夫をこらすことによって，より多くのデータをより速く処理可能にすることはできるが，他のコンピュータに原理的に不可能な計算を，それによって可能にできるわけではないということである．われわれが上に述べたコンピュータは，レジスタとしては ACC しかもたず，命令語がたった 8 種類しかない極めて簡単なものであったが，それでも「原理的」には「万能」なのである．つまり，どんなに便利にできているコンピュータでも，上に述べたコンピュータが原理的におこないうる以上のことはおこなえないのである．すなわち，上に述べたコンピュータは，命令語の種類が少ないために，ごく単純なことをおこなわせるにも極めて長大なプログラムをつくらなければならず，その点非常に非能率的だというだけのことにすぎない．

■人工言語

そのような観点からすれば,「コンピュータ」なるもののなしうることの範囲は明確に定まっていて,問題は,これをいかにして便利なものにするかということであろう.

その一法は,上述のことからも察せられるように,命令語の種類をふやすことである.たとえば,上のコンピュータに「乗法」をおこなわせようとすれば,これを加法のくりかえしに還元しておこなわせるしかない.「除法」もこれまた減法のくりかえしに還元しておこなわせるほかない.しかし,かりに

Km:(ACC) $\times$ (m) を計算して,答えをACCに入れよ.

Wm:(ACC) $\div$ (m) を計算して,答えをACCに入れよ.

というような命令語があれば,能率はぐんと違うであろう.このような例は,それこそ枚挙にいとまがないくらいである.

しかしながら,いくら命令語をふやしても,上のような意味での「プログラム」をつくる作業は厄介なことである.誰しも望むのは,やはり,次のような体裁の指令を,直接コンピュータにあたえうるようにしてほしいということであろう.

「次の a, b, c の値に対する

$$\frac{-b\pm\sqrt{b^2-4ac}}{2a}$$

の値を求めよ.

$$
\begin{array}{lll}
a=101, & b=-501, & c=201 \\
a=102, & b=-502, & c=202 \\
\cdots & \cdots & \cdots \\
a=200, & b=-600, & c=300
\end{array}
$$
」

このような目的のために考案されたのが，種々の「人工言語」である．これには，BASIC，APL，PASCAL，FORTRAN，ALGOL などいろいろのものがある．それらの中には，すぐに覚えられるが，高級なプログラムをつくるのには不向きというものもあるし，逆に非常に用途は広いけれども，習得のやや難しいものもある．

さて，これらを用いれば，普通の数学的表現とほとんど変わらない形でプログラムを書くことができる．

しかしながら，コンピュータ自身が理解しうるのは，あくまでも本来それにそなわっている命令語の体系，すなわち「機械語」だけである．したがって，人工言語で書かれたプログラムをコンピュータに実行させるには，そのようなプログラムを機械語で書かれたプログラムに「翻訳」させるための「機械語で書かれたプログラム」を用意しておかなければならない．これを「コンパイラ」という．

たとえば，FORTRAN についてのコンパイラができていれば，それをまず記憶装置に入れておく．そして，FORTRAN で書かれたプログラムを入力装置に待機させておいて，コンピュータを始動させる．するとコンピュータは，まずそのプログラムを読み込み，次いでそれを機械語で書かれたプログラムに翻訳しながら，これを記憶装置のしかるべきところに格納していく．それが終わったら，機械語で書かれたそのプログラムを実行させればよいのである．

したがって，コンピュータ設計の要点の1つは，いろいろの人工言語のコンパイラがつくりやすいような機械語の体系を用意する，ということになるであろう．

もちろん，コンパイラによって翻訳された機械語によるプログラムは，一般には非常に長大なものとなる．したがって，コンピュータの記憶装置はできるだけ大きいほうが望ましい．また，演算装置は，各演算をできるだけ速く実行できるものであることが望ましい．これらは，もっぱら電子工学や機械工学など，テクノロジーの分野に属する課題である．

今日，この方面の進歩は極めていちじるしい．そして，その進歩に比例して，コンピュータはますます使いやすいものになっていっているといってよいであろう．

現在では，人間が手で計算すれば数年，数十年を要するような計算でも，最新鋭のコンピュータならば，これを数秒，ないしは秒の単位よりももっと小さな単位でしか測れないような時間内に処理してしまうような状況になってきている．そして，そのような機械が，ほとんど誰にでも使用可能なものになりつつあるのである．

注 上では，人工言語で書かれたプログラムをコンピュータにおこなわせる手段としてコンパイラについて述べたが，実は，そのほかに「インタープリタ」なるものがある．これは，やはり，機械語で書かれたプログラムであるが，コンパイラのように，人工言語で書かれたプログラムを，すっかり機械語で書かれたプログラムに直してしまうことをしない．人工言語で書かれたプログラムのひと区切りを機械語に直し，かつそうして得られた短い機械語の命令の列を即座に実行してしまう，という操作をくりかえしていくのである．

これは，人工言語で書かれたプログラムや，それを機械語に直したプログラムを全部格納する必要がないため，コンパイラに比べて，記憶装置がそれほど大きくなくてもすむという利点をもっている．

しかし，コンパイラがよいかインタープリタがよいかは，機種やプログラムの性質にもよることで一概にいうことはできない．ただ，記憶装置のあまり大きくない機種では，やむを得ずインタープリタを採用せざるを得ないということはあるであろう．

13　数理統計

確率論の応用としての数理統計は，コンピュータの登場によって，その適用範囲を一躍ひろげた．その数理統計とはどのような原理にもとづくものであるかを解説する．

多重試行

■2重試行

数理統計は，コンピュータの登場によって急速に威力を発揮しはじめた確率論の応用分野である．本章では，その考え方の基本について説明することにしよう．

いま，袋の中に10個の球が入っていて，そのうちの6個が赤く，4個が白いとする．これを用いて次のような試行をおこなう．すなわち，袋の中をよくかきまぜてからランダムに1個を抜き出し，その色を調べる．

もちろん，この試行の根元事象は「赤」「白」の2つで，その確率分布 f は

$$f(\text{赤}) = 0.6,\ \ f(\text{白}) = 0.4$$

なる写像であると考えられる（{赤, 白} という集合を M とおけば，組 (M, f) はもちろん確率空間である）．

さて，ここで，この試行を2回くりかえして，その結果を，(赤, 白)，(白, 赤) などのように記録することを考え

る．すると，これもまた「1つの」試行とみなすことができる．これを，最初の試行の「2重試行」という．その根元事象が

(赤, 赤)，(赤, 白)，(白, 赤)，(白, 白)

の4つであることはいうまでもない．では，これらの「確率」はそれぞれいくつと考えたらよいであろうか．

しかし，ちょっと考えてみれば，その答えを出すことは，そう難しいことではないことがわかる．

この試行を何回も何回もおこなって，おこった根元事象を次のようにどんどんならべていったとしよう．

$$(a_1, b_1),\ (a_2, b_2),\ (a_3, b_3), \cdots \qquad (1)$$

もちろん，$a_1, b_1, a_2, b_2, a_3, b_3, \cdots$はいずれも「赤」か「白」のいずれかで，下についている番号は，何回目の試行の結果であるかを示す数字である．さて，そうすると，たとえば，(赤, 白) という根元事象は，一体何回に何回の割合でおこると考えられるであろうか．

もちろん，

$$a_1, a_2, a_3, \cdots$$

という列には，「赤」は10回に6回の割合で現れると考えられる．ここで，列(1)からそのような組，すなわちaが「赤」であるような組を順番に，全部抜き出して，

$$(\text{赤}, c_1),\ (\text{赤}, c_2),\ (\text{赤}, c_3), \cdots \qquad (2)$$

としよう．すると，

$$c_1, c_2, c_3, \cdots$$

は，ともかくも袋の中をよくかきまぜてランダムに取り出

した球の色なのであるから，この中には，「白」は10回に4回の割合で現れているに違いない．

したがって，上の考察をまとめれば，(赤, 白) という組は，(1)の中に，10回に6回の割合で現れるところの(2)のような組の中に，10回に4回の割合で現れることがわかる．このことは，(1)の中に，(赤, 白) という組が6割のまた4割，すなわち2割4分（$0.6\times0.4=0.24$）の割合で現れるということにほかならない．つまり，根元事象 (赤, 白) のおこる確率は，この2重試行のもとになった試行，すなわち1回だけ球を取り出して色を調べるという試行における，「赤」のおこる確率と「白」のおこる確率との積に等しいと考えられるのである．

まったく同様にして，(赤, 赤)，(白, 赤)，(白, 白) の確率も，それぞれ 0.6×0.6, 0.4×0.6, 0.4×0.4 であると考えることができる．

ここで，いま考えている2重試行の根元事象全体の集合を M^2，また，いまあきらかとなった確率分布を f_2 と書くことにすれば，

$$
\begin{aligned}
&f_2((\text{赤}, \text{赤}))+f_2((\text{赤}, \text{白}))+f_2((\text{白}, \text{赤}))+f_2((\text{白}, \text{白}))\\
&\quad=0.6\times0.6+0.6\times0.4+0.4\times0.6+0.4\times0.4\\
&\quad=0.6(0.6+0.4)+0.4(0.6+0.4)\\
&\quad=0.6+0.4\\
&\quad=1
\end{aligned}
$$

となって，ちょうどつじつまがあう．つまり，(M^2, f_2) はたしかに確率空間となっているのである．

■多重確率空間

以上のような考察は，どの試行についてもまったく同様におこなうことができる．すなわち，どのような試行に対しても，その2重試行というものを考えることができ，それに対応する確率空間が，もとの試行に対応する確率空間と，上に述べたような関係にあることをたしかめることができる．

これを参考にして次のように定義する．

定義

確率空間 (Ω, p) において，

$$\Omega = \{a, b, c, \cdots\}$$

とする．このとき，Ω の元を2つならべて得られる組全体の集合

$$\begin{array}{llll}\{(a, a), & (a, b), & (a, c), & \cdots \\ \ (b, a), & (b, b), & (b, c), & \cdots \\ \ (c, a), & (c, b), & (c, c), & \cdots \\ \ \cdots & \cdots & \cdots & \cdots\}\end{array}$$

を Ω^2 と書き，p_2 という，Ω^2 から $\boldsymbol{R}$ への写像を

$$\begin{aligned}&p_2((a, a)) = p(a)p(a),\ \ p_2((a, b)) = p(a)p(b),\\ &\quad p_2((a, c)) = p(a)p(c), \cdots\\ &p_2((b, a)) = p(b)p(a),\ \ p_2((b, b)) = p(b)p(b),\\ &\quad p_2((b, c)) = p(b)p(c), \cdots\\ &p_2((c, a)) = p(c)p(a),\ \ p_2((c, b)) = p(c)p(b),\\ &\quad p_2((c, c)) = p(c)p(c), \cdots\\ &\qquad\qquad \cdots\end{aligned}$$

のように定義すれば，(Ω^2, p_2) はまた確率空間であることがたやすくたしかめられる．これを，確率空間 (Ω, p) の「2 重確率空間」という．

これが，2 重試行に対応する確率空間を抽象化したものであることはいうまでもない．

他方，2 重試行の考えを拡張して，3 重試行，4 重試行，…というものを考えていくことができる．それらの根元事象，確率分布がどのようなものになるかは，もはやほとんどあきらかであろう．このような試行を一般に「多重試行」という．

多重試行に対応する確率空間を抽象化したものが，次に述べる「多重確率空間」にほかならない．

定義

確率空間 (Ω, p) において，

$$\Omega = \{a, b, c, \cdots\}$$

とする．このとき，Ω の元を 3 つ並べて得られる組，すなわち，$(a, a, a), (a, a, b), \cdots$ のようなものの全体から成る集合を Ω^3 と書き，p_3 という，Ω^3 から $\boldsymbol{R}$ への写像を

$$p_3((a, a, a)) = p(a)p(a)p(a)$$
$$p_3((a, a, b)) = p(a)p(a)p(b)$$
$$\cdots$$

のように定義すれば，(Ω^3, p_3) はまた確率空間となる．これを，確率空間 (Ω, p) の「3 重確率空間」という．「4 重確率空間」，「5 重確率空間」等々の定義も同様である．これらを総称して，確率空間 (Ω, p) の「多重確率空間」

という．2重確率空間も多重確率空間の一種と考える．

確率的背理法

■頻度と比率

(Ω, p) を確率空間とし，E をその事象とする．もちろん，定義により，E は Ω の部分集合である（図 13-1 参照）．

いま，(Ω, p) の N 重確率空間 (Ω^N, p_N) を考えれば，その根元事象は

$$(a_1, a_2, \cdots, a_N) \tag{1}$$

という形をしている．もちろん，$a_1, a_2, \cdots, a_N$ は Ω の元である．したがって，それらは，Ω の部分集合 E の元であるかないかいずれかである．

一般に，$a_1, a_2, \cdots, a_N$ のうち，E にぞくするものの個数 R を「(1)における，事象 E の頻度」といい，それを N で割ったもの R/N を，「(1)における，事象 E の比率」という．

具体的な試行に対応する確率空間における事象の場合には，もっと簡便な用語が用いられる．たとえば，サイコロ振りの試行において，「5 以上の目が出る」という事柄を表現する事象を E とし，サイコロ振りの試行の N 重試行の根元事象を(1)とすれば，$a_1, a_2, \cdots, a_N$ のうち，5 以上のものの個数が「(1)における，5 以上の目が出るという事柄を表現する事象の頻度」であるが，これを簡単に，「(1)で，5 以上の目が出た頻度」という．同様に，比率の

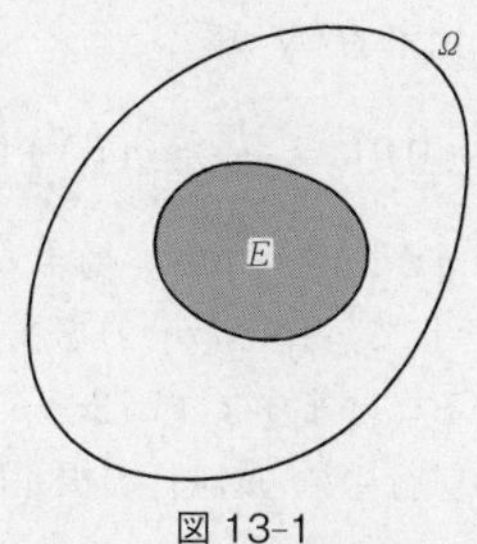

図 13-1

ほうも,「(1)で, 5 以上の目が出た比率」という.

確率論を具体的な試行に応用する場合には, このような「用語の簡便化」が広くおこなわれる. たとえば,「5 以上の目が出るという事柄を表現する事象」のことを「5 以上の目が出るという事象」,「5 以上の目が出るという事象の確率」のことを「5 以上の目が出る確率」というたぐいである.

■ラプラスの定理

さて, E を, ある試行に対応する確率空間 (X, q) の事象とし, (X^N, q_N) を (X, q) の N 重確率空間とする. ただし, N としては十分大きな数をとっておく.

E の確率 $q(E)$ は, その試行を十分多数回, たとえば N 回おこない, 事象 E (に属する根元事業) がおこった回数 R を調べる, という作業を何回も何回もくりかえしたとき, 比率 R/N が密集していくところの値である.

したがって,「誤差の限界」として, たとえば 0.01 とい

う値を定めれば，比率 R/N が

$$q(E)-0.01 \leqq \frac{R}{N} \leqq q(E)+0.01 \qquad (2)$$

を満たす場合のほうが，そうでない場合よりも圧倒的に多いはずである．そして，R/N が(2)を満たす割合は，N を大きくすればするほどますます高まっていくであろう．

これは，もとの試行の N 重試行の根元事象

$$(x_1, x_2, \cdots, x_N) \qquad (3)$$

における E の比率 R/N が(2)を満たす，という事柄が，(2)を満たさない，という事柄よりも圧倒的におこりやすいということである．そして，N をふやせばふやすほど，そのおこりやすさがますます高まっていくということである．

ところで，X^N の元(3)のうち，(2)を満たすものの全体から成る事象 E' は，「(2)がおこる」という事柄を表現する事象である．したがって，その確率は「(2)がおこる確率」である．

だとすれば，次のように推測してもさしつかえないであろう．すなわち，事象 E' の確率 $q_N(E')$ は，N が大きくなるに従って，次第に1に近づいていく．また，上では，かりに「0.01」という数をとったが，その代わりにどんなに小さい数をとっても，同様のことが成立する．

——実際，この推測は正しい．というのは，ラプラスが，このことに関連して，次の定理を証明したからである．

ラプラスの定理

E を確率空間 (Ω, p) の事象とし，その確率を p_0 とおく．いま，x を正の任意の実数とし，(Ω, p) の N 重確率空間 (Ω^N, p_N) の根元事象で，それにおける E の比率 R/N が

$$p_0 - x\sqrt{\frac{p_0(1-p_0)}{N}} \leqq \frac{R}{N} \leqq p_0 + x\sqrt{\frac{p_0(1-p_0)}{n}} \tag{4}$$

を満たすようなものの全体から成る事象を E_x とおけば，その確率 $p_N(E_x)$ は，N が大きくなるに従って，限りなく $2G(x)$ という値に近づいていく．ただし，$G(x)$ は次ページの表に示すような関数である．

この定理の証明はかなり厄介なので，ここでは省略する．しかし，この定理を用いれば，ほぼ次のようにして，上の「推測」が正しいことを裏づけることができるのである．

いま，簡単のために，$p_0 = 1/3$ とし，誤差の限界としてごく小さな正の値，たとえば 0.01 を取る．そうすれば，

$$x\sqrt{\frac{p_0(1-p_0)}{N}} = x\sqrt{\frac{1}{N}\cdot\frac{1}{3}\cdot\frac{2}{3}} \fallingdotseq \frac{1.414x}{3\sqrt{N}}$$

であるから，

$$x\sqrt{\frac{p_0(1-p_0)}{N}} = 0.01$$

となるような x, N をとれば，

x	$G(x)$	x	$G(x)$	x	$G(x)$
0.0	0.00000	1.5	0.43319	3.0	0.49865
0.1	0.03983	1.6	0.44520	3.1	0.49903
0.2	0.07926	1.7	0.45543	3.2	0.49931
0.3	0.11791	1.8	0.46407	3.3	0.49952
0.4	0.15542	1.9	0.47128	3.4	0.49966
0.5	0.19146	2.0	0.47725	3.5	0.49977
0.6	0.22575	2.1	0.48214	3.6	0.49984
0.7	0.25804	2.2	0.48610	3.7	0.49989
0.8	0.28814	2.3	0.48928	3.8	0.49993
0.9	0.31594	2.4	0.49180	3.9	0.49995
1.0	0.34134	2.5	0.49379	4.0	0.49997
1.1	0.36433	2.6	0.49534		
1.2	0.38493	2.7	0.49653	限りなく	限りなく
1.3	0.40320	2.8	0.49744	大きく	0.50000
1.4	0.41924	2.9	0.49813	なれば	に近づく

$$\frac{1.414x}{3\sqrt{N}} \fallingdotseq 0.01$$

ゆえに

$$x \fallingdotseq \frac{0.03}{1.414}\sqrt{N} \fallingdotseq 0.02\sqrt{N}$$

ところが，N が限りなく大きくなれば $\sqrt{N}$ も限りなく大きくなるから，x も限りなく大きくなる．したがって，N が限りなく大きくなれば，

$$\frac{1}{3}-0.01 \leqq \frac{R}{N} \leqq \frac{1}{3}+0.01$$

である確率は，$2G(x)$ の x を限りなく大きくしていった

ときの値，すなわち 1 に近づく．

この議論が，p_0 の値が 1/3，誤差の限界が 0.01 でない場合にも，同様に通用することはあきらかであろう．

■確率的背理法

数理統計の目的は，具体的な確率空間の確率分布についての何らかの仮説の真偽をたしかめたり，確率分布を推定したりする方法を研究することである．

この場合，数理統計では，「ごく小さな確率しかもたない事象はおこらないものと見なす」．

たとえば，ある事象の確率が 0.05 だということは，試行を何回も何回もおこなったとき，その事象がおこる割合がほぼ 100 回に 5 回だということである．したがって，いまここで「1 回だけ」その試行をおこなえば，この事象はまずおこらないと考えてよいであろう．したがって，数理統計では，そのような事象はおこらないものと見なすのである．しかし，そのような判断が，0.05 の割合で誤る危険性をもっていることはいうまでもない．

一般に，確率 r の事象がおこらないものと判断する場合，その判断の誤る割合 r を，その判断の「危険率」という．

1 つの例をあげてみよう．次のような問題はいかがであろうか．

「ある都市で，住民の意見が賛否ほぼ伯仲すると見られるある問題に対し，ランダムに選ばれた 2500 人に意見をたずねたところ，そのうちの1350人が賛成した．このことから，この都市の住民の過半数がその問題に賛成であると判断してよいであろうか．ただし，危険率は0.01とする.」

いま，この都市の住民をランダムに1人選んで賛否をきく，という試行を考える．その根元事象は「賛」「否」の2つである．確率分布を

$$q(\text{賛}) = p_0,\ q(\text{否}) = 1 - p_0$$

としよう．調べたいのは，$p_0 > 1/2$ であるかどうかということである．

そこで，ためしに「$p_0 = 1/2$ である」という仮説を立ててみる．すると，$N = 2500$ はかなり大きいから，ラプラスの定理の(4)で，

$$N = 2500,\ p_0 = \frac{1}{2}$$

とおけば，

$$\frac{1}{2} - x\sqrt{\frac{1}{2}\cdot\frac{1}{2}\cdot\frac{1}{2500}} \leqq \frac{R}{2500} \leqq \frac{1}{2} + x\sqrt{\frac{1}{2}\cdot\frac{1}{2}\cdot\frac{1}{2500}}$$

すなわち

$$\frac{1}{2} - \frac{x}{100} \leqq \frac{R}{2500} \leqq \frac{1}{2} + \frac{x}{100}$$

である確率は，ほぼ $2G(x)$ に等しい．そして，

$$2G(x) = 1 - 0.01$$

すなわち

$$G(x) = 0.495$$

である x は，表からほぼ 2.6 である．よって，

$$\frac{1}{2} - \frac{2.6}{100} \leqq \frac{R}{2500} \leqq \frac{1}{2} + \frac{2.6}{100} \qquad (5)$$

である確率はほぼ $1-0.01$ に等しい．したがって，(5)が成り立たない確率はほぼ 0.01 であるから，そのようなことはおこらないとしてよい．(5)を簡単にすれば

$$1185 \leqq R \leqq 1315$$

しかるに，世論調査の結果は $R = 1350$ であったのだから，(5)は成り立たなかったことになる．つまり，おこらないはずのことが，おこったことになる．よって $p_0 = 1/2$ という仮説は間違っていると判断することができる．すなわち，その問題についての賛成は半数を越していると判断することができる．ただし，危険率は 0.01 である．

上では，賛成者が 2500 人中 1350 人であったから，このような判断ができたが，賛成者が 2500 人中 1300 人であったとすれば，$p_0 = 1/2$ という仮説のもとでも十分おこりうることがおこったわけであり，その仮説を否定することはできない（しかし，そのことから仮説が正しいともいえない．いずれとも判断できないわけである）．

以上の考察において，われわれは，おこりえないことがおこったという理由で仮説を否定した．これはいわゆる「背理法」に近い考え方である．しかし，上の推論には 0.01 という「危険率」がついており，その点で上の推論

は純粋な背理法とかなり違う．そこで，上のような推論を一般に「確率的背理法」という．

数理統計の考え方がどのようなものであるか，おおよその察しがつくであろう．

14　計画数学

社会に大きな影響をあたえはじめた新しい数学理論の１つに計画数学がある．その概要を紹介し，かつそのうちもっとも初等的な線型計画法の原理を説明する．

計画の数学モデル

■「計画」とは何か

「計画」とは，「物事を行うに当たって，方法・手順などを考え企てること」である（岩波書店刊『広辞苑』による）．たとえば，東京から福岡へ行くにあたって，「何日の何時何分の新幹線に乗ろう」と企てるのは１つの計画である．

しかし，その物事をおこなうにあたって，いくつかの方法なり手順なりがある場合には，それらから「もっとも良い」ものを選択しなければならない．東京から福岡へ行く場合にも，飛行機で行く，新幹線で行く，在来線で行く，自動車で行く，等々があり，さらに，在来線や自動車で行く場合には，いろいろの経路があるわけであるから，それらのさまざまな方法・手順の中から一番良いと思われるものをどれか１つ選択しなければならない．

もちろん，このような場合，方法・手順の「良さ」を測るための何らかの尺度があるのが普通である．たとえば，上の例で，できるだけ速く行きたい場合には「所要時間」が尺度であり，できるだけ安く行きたい場合には「所要費用」が尺度である．ときには，それは「楽しさ」というような漠としたものであることもあるであろう．しかし，ともかくも，そのような何らかの尺度に従って，もっとも良いと思われる方法なり手順なりを選択する．これがすなわち，冒頭で引用した『広辞苑』の語釈中の「考え企てる」ということの本当の意味なのである．

ところで，最終的な選択がもっとも良いものであるかどうかが客観的にたしかめられるためには，その尺度は明確なものでなくてはならない．たとえば，それが所要時間や所要費用などである場合には，誰が計算しても同じ値が得られる．しかし，「楽しさ」を数値化する客観的な方法はおそらくないであろう．

本章の標題である「計画数学」というのは，物事をおこなうにあたって，客観的に最良の方法・手順を選択する仕方を研究する分野である．したがって，計画数学の対象となりうるのは，「尺度」が明確な場面に限られるであろう．すなわち，それが客観的な数値をあたえるような場面に限られるであろう．「尺度」が明確であってはじめて，方法・手順が最良であるかどうかが「客観的」に判断できるからである．

■「計画」の数学モデル

ある物事をおこなうのに，いくつかの方法・手順があるとする．そしてさらに，それらの方法・手順の「良さ」を測る明確な尺度があるとする．

このとき，それらの方法・手順全体の集合を A とすれば，A の元を1つ定めるごとに，その尺度で測られたある1つの数値が定まる．これは，集合 A から実数全体の集合 $\boldsymbol{R}$ への1つの写像 f があたえられているということにほかならない．この場合，「計画」というのは，A の元 a のうち，その f による像 $f(a)$ が最大（もしくは最小）となるようなものを選ぶことである．

ところで，「$f(a)$ が最小である」ということは，A のすべての元 x に対して

$$g(x) = -f(x)$$

であるような写像 g を考えたとき，「$g(a)$ が最大である」ということと同じである．したがって，$f(a)$ が最小になる a を選ぶことは，$g(a)$ が最大になる a を選ぶことと一致する．そこで，以下，簡単のために，計画とは，$f(a)$ が「最大」になるような a を選ぶことだと考えることにしよう．

次のように定義する．

定義

空でない集合 P と，P から $\boldsymbol{R}$ への写像 φ との組 (P, φ) を「計画空間」という．

計画空間は1つの数学的構造と見られる．もっとも，その理論の公理系は次のようなもので，公理を1つも含まない，いささか風変わりなものではあるが（確率論や群

論などの公理系と比べてみて頂きたい).

空でない集合 P と，P から $\boldsymbol{R}$ への写像 φ を考える．このPと φ とは次の公理を満たす．

(公理なし)

公理のないのが気持ちが悪ければ，

(1)　P は空でない集合である

(2)　φ は P から $\boldsymbol{R}$ への写像である

とでも書いておけばよいであろう．

定義

(P, φ) が計画空間のとき，P の元を「許容解」，φ を「目的関数」，P の元 a のうち $\varphi(a)$ が最大になるようなものを「最適解」という．

許容解というのは，最良かどうかはわからないが，ともかくも実行可能な方法・手順を，また最適解というのは，最良の方法・手順をそれぞれ抽象化したものにほかならない．

この「計画空間」という数学的構造が，「具体的な計画(をたてること)」の数学モデルであることはいうまでもないであろう．

■計画空間の具体例

計画空間の具体例をあげてみよう．

「ある自動車会社では，A 型と B 型の 2 種類の車を生産しており，これらは別々の工場で組み立てられている．A 型の工場は月産 4000 台の能力をもち，B 型の工場は月産

2000 台の能力をもっている．A 型 1 台の生産費は 40 万円，B 型 1 台の生産費は 60 万円，そして，1 か月の生産費の予算は 24 億円である．また，A 型 1 台あたりの利益は 6 万円，B 型 1 台あたりの利益は 8 万円である．利益を最大にするには，両工場で 1 か月にそれぞれ何台ずつ組み立てればよいか.」

A 型の 1 か月の生産台数を x 千台，B 型の 1 か月の生産台数を y 千台にきめることを (x, y) と書くことにし，これが許容解であるために x, y が満たすべき条件を調べてみよう．

まず，あきらかに

$$x \geqq 0, \quad y \geqq 0 \tag{1}$$

また，工場の生産能力から

$$x \leqq 4, \quad y \leqq 2 \tag{2}$$

さらに，A 型を x 千台生産するのに $40x$ 千万円，B 型を y 千台生産するのに $60y$ 千万円かかるから，予算制限より

$$40x+60y \leqq 240$$

両辺を 20 で割れば，

$$2x+3y \leqq 12 \tag{3}$$

逆に，(1), (2), (3) の 5 つの不等式を満たす組 (x, y) がすべて許容解であることはあきらかであろう．以下，許容解全体の集合を M と書くことにする．

目的関数 f が次のようなものであることはいうまでもない．

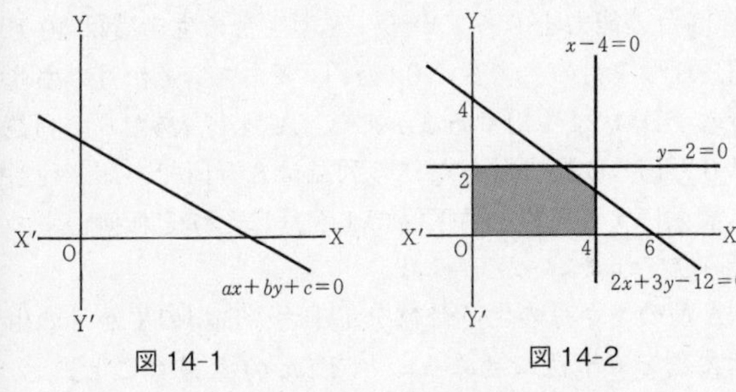

図 14-1　　　図 14-2

$$f(x, y) = 6x + 8y \qquad \text{(単位は千万円)}$$

(ただし，$f((x, y))$ を簡単のために $f(x, y)$ と書いた.)

もちろん，組 (M, f) は計画空間である.

さて，ここで許容解 (x, y) を，平面上にデカルト座標系を定めたときの点の座標と考えれば，M の元を座標とする平面上の点全体はどのような集合をつくるであろうか.

ここで，次のことに注意しておく.

一般に，1 次方程式

$$ax + by + c = 0$$

のグラフは直線であるが，平面はあきらかにこの直線によって 2 つの部分に分けられる (図 14-1 参照). これらをそれぞれ，その直線を「境界」とする「半平面」という. ただし，半平面にはその境界の直線は含めない.

証明は省略するが，次のことが知られている.

一方の半平面では

$$ax + by + c > 0$$

であり，他方の半平面では

$$ax+by+c<0$$

である．

前者を1次式 $ax+by+c$ の「正領域」，後者をその「負領域」という．

どちらが正領域であるかを知るには，直線上にない点を任意にとり，その座標 (α, β) を $ax+by+c$ に代入して，その値の正負をみればよい．

正領域，負領域に境界の直線をつけ加えたものを，それぞれ「閉正領域」「閉負領域」という．

さて，集合 M の元を座標とする点全体の集合は，あきらかに，次の5つの集合の共通部分である．

x の閉正領域，y の閉正領域

$x-4$ の閉負領域，$y-2$ の閉負領域

$2x+3y-12$ の閉負領域

よって，求める集合は図14-2の陰の部分であることがわかる．最適解 (x_0, y_0) はこの図形上の点の座標で

$$f(x, y)=6x+8y$$

を最大にするものにほかならない．

■線型計画空間

上の例での許容解は，5つの不等式を満たす組 (x, y) であった．そして，それらのうち2つは

$$x \geqq 0, \quad y \geqq 0$$

で，他のものはすべて

$$ax + by \leqq c$$

という形をしていた．また，許容解 (x, y) の目的関数 f による像 $f(x, y)$ は

$$\alpha x + \beta y$$

という形に書くことができた（すなわち，$6x + 8y$ であった）．

一般に，許容解が，n 個の実数の組 $(x_1, x_2, \cdots, x_n)$ のうち，

$$x_1 \geqq 0,\ x_2 \geqq 0,\ \cdots,\ x_n \geqq 0$$

およびいくつかの

$$a_1x_1 + a_2x_2 + \cdots + a_nx_n \leqq b$$

という形の不等式を満たすもののすべてであり，目的関数 f による許容解 $(x_1, x_2, \cdots, x_n)$ の像 $f(x_1, x_2, \cdots, x_n)$ が

$$\alpha_1x_1 + \alpha_2x_2 + \cdots + \alpha_nx_n$$

という形に書けるような計画空間を「線型計画空間」という．上の具体例は線型計画空間なのである．

現実の計画（をたてる問題）には，線型計画空間の形に整理できるものがかなり多い．そして，この種の計画空間については，非常にきれいな理論がつくられており，それによるときは，かなり複雑な問題でも至極簡単に解くことができるのである．この理論を「線型計画法」という．次に，その概略を説明することにしよう．

線型計画法

■ユークリッド空間

何度も述べたように，平面上にデカルト座標系を定めれば，どのような2つの実数の組 (x, y) も平面上のある点の座標と見ることができ，逆にどの点にもその座標として2つの実数の組 (x, y) をあたえることができる．

ところが，同様のことは，もっと多くの実数の組についてもいえるのである．たとえば，空間内に1点Oで直交する3本の直線を取れば，図14-3のようにして，どのような3つの実数の組 (x, y, z) も空間のある点の座標と見ることができ，逆にどの点にも座標として3つの実数の組 (x, y, z) をあたえることができる．

さらに，「n 次元ユークリッド空間」というものがある．そして，そこでは，1点Oで互いに直交する n 本の直線を取れば，平面や空間の場合とまったく同様にして，どのような n 個の実数の組 $(x_1, x_2, \cdots, x_n)$ もある点の座標と見ることができ，逆にどの点にも座標として n 個の実数の組 $(x_1, x_2, \cdots, x_n)$ をあたえることができるのである．もちろん，1次元ユークリッド空間は直線，2次元ユークリッド空間は平面，3次元ユークリッド空間は通常の空間である．

もっとも，n が3よりも大きいときは，その空間を目で見ることはできない．しかし，平面や通常の空間の場合との「類推」によって，かなり豊富なイメージを描くことができるのである．

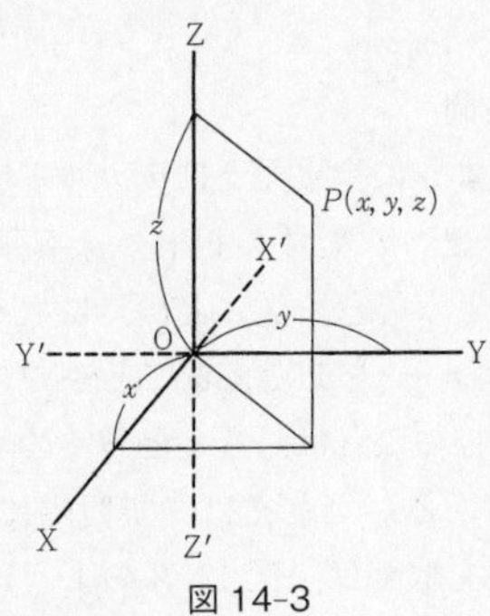

図 14-3

上にあげた自動車会社の具体例では，許容解が (x, y) という形をしている線型計画空間において，(x, y) を平面上の点の座標と見ることにより，許容解全体の集合をうまく視覚化することができた．それと同様に，許容解が $(x_1, x_2, \cdots, x_n)$ という形をしているような線型計画空間の場合にも，$(x_1, x_2, \cdots, x_n)$ を n 次元ユークリッド空間内の点の座標と見ることにすれば，いろいろとイメージを描けるようになって非常に便利なのである．

n 次元ユークリッド空間での 1 次方程式

$$a_1x_1 + a_2x_2 + \cdots + a_nx_n + b = 0$$

のグラフを「超平面」という．1 次元ユークリッド空間の超平面は点，2 次元ユークリッド空間の超平面は直線，3 次元ユークリッド空間の超平面は平面である．

詳細は省略するが，n 次元ユークリッド空間の超平面は n 次元ユークリッド空間を 2 つの部分に分ける．そして，

その一方では

$$a_1x_1+a_2x_2+\cdots+a_nx_n+b>0$$

であり，他方では

$$a_1x_1+a_2x_2+\cdots+a_nx_n+b<0$$

である．

したがって，平面の場合とまったく同様にして，「半空間」「正領域」「負領域」「閉正領域」「閉負領域」などの概念を定義していくことができる．

さて，そうすると，線型計画空間の許容解を座標とする点全体の集合は

x_1 の閉正領域，x_2 の閉正領域，…，x_n の閉正領域

およびいくつかの閉負領域の共通部分となるであろう．

■具体例の解

上にあげた自動車会社の具体例を解いてみる．まず，平面上にデカルト座標系をとり，許容解 (x, y) を座標とする点全体の集合 M' を図示しよう．

次に，目的関数

$$f(x, y)=6x+8y$$

の値が一定であるような (x, y) を座標とする点の集合を考える．

たとえば，

$$f(x, y)=1$$

である (x, y) を座標とする点は

$$6x+8y=1$$

のグラフ上の点である．同様にして，

$$f(x, y) = 2$$

であるような (x, y) を座標とする点は

$$6x + 8y = 2$$

のグラフ上の点である．

$$f(x, y) = 3,\ \ f(x, y) = 4,\ \ \cdots\cdots$$

についても同様である．

ところが，これらのグラフを次々とかいてみると，

$$f(x, y) = c$$

の c が大きくなるにつれて，そのグラフは右へ右へと平行にずれていくことがわかる．これらの直線を，それぞれ「高さ1の等高線」，「高さ2の等高線」，…とよぶことにしよう．

すると，許容解のうち $f(x, y)$ の値の一番大きなもの (x_0, y_0) は，それを座標とする点を通る等高線の高さが一番大きいものにほかならない．したがって，求める最適解は図14-4の点Bの座標 $(4, 4/3)$ であり，そのときの利益は

$$f\left(4, \frac{4}{3}\right) = 6 \times 4 + 8 \times \frac{4}{3} = \frac{104}{3} \fallingdotseq 34.666\ \text{（千万円）}$$

である．つまり，A型を 4×1000 台，B型を $(4/3) \times 1000$ 台つくればよいというわけである．しかし，

$$\frac{4}{3} \times 1000 = 1333.33\cdots$$

であって，0.33… 台の自動車をつくるなどということは

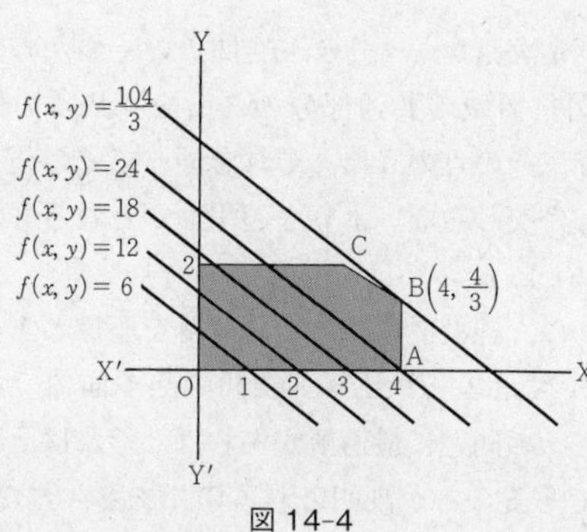

図 14-4

できない．したがって，1333 台つくるか 1334 台つくるかのどちらかであるが，すぐわかるように，組 (4, 1.333) は許容解だけれども，組 (4, 1.334) はそうではない．よって，B 型は 1333 台つくるということにせざるを得ない．

そのため，利益は

$$4 \times 6 + 1.333 \times 8 = 34.664 \text{（千万円）}$$

となり，少々へることになる．

■凸多面体と頂点

上の解法を見れば，次のことがわかる．

(1)　許容解を座標とする点全体の集合 M' は，凹んだところのない多角形である．

(2)　最適解は，ある頂点の座標である．

ところが実は，これは，どのような線型計画空間についても成り立つことなのである．

一般に，n 次元ユークリッド空間のいくつかの閉正領域ないしは閉負領域の共通部分のことを「凸多面体」という．そして，その点のうち，それを通ってその凸多面体とその点でしか交わらないような超平面がとれるものをその「頂点」という．

あきらかに，線型計画空間の許容解を座標とする点全体の集合は n 次元ユークリッド空間の凸多面体である．そして，もしその問題に最適解があれば，それはその凸多面体の頂点であることが証明されるのである．したがって，最適解がある場合には，頂点をしらみつぶしに調べていくことによって，必ずそれを見つけ出すことができるはずなのである．

しかし，これは実際に解を算出する手段としてはあまり能率的ではない．ダンツィグ（G. B. Dantzig）はこれを改良して「シンプレックス法」という方法を発明した．これは非常にすばらしいもので，コンピュータを用いれば，n が何千という大きな数であるような問題でも，ごく短い時間で解くことができる．

15　数学と社会

現代の社会は情報化社会とよばれる．それを支えるのはコンピュータであるが，これには解決すべき困難な問題がまだいろいろとある．これらについて述べ，かつこれからの社会と数学との関係について考える．

情報化社会

■コンピュータと経営管理

現代の社会は情報化社会だといわれる．この情報化社会という言葉にはいろいろの意味があるが，その中でもっとも的を射ていると思われるのは，いわゆるコンピュータが必須の役割を果たすようになった社会というものである．

実際，現代の社会へのコンピュータの浸透ぶりには目を見張らせるものがある．

会社が少し大きくなれば，給与計算や在庫管理にコンピュータを利用するのはもはや常識である．会社の規模がさらに大きくなれば，日常業務のコンピュータ化が検討されはじめる．コンピュータの導入や維持のための費用が，それの導入による人件費の節約や事務の誤処理の解消などのいろいろのメリットとつり合うようになるからである．会社の規模がさらに一段と大きくなれば，その生存のためにも日常業務のコンピュータ化はどうしても避けられないものとなる.

みどりの窓口で知られる座席予約システムや銀行のオンライン・システムなどは，人々の旅行や金銭に対する態度をかなり変えてしまった．座席予約システムは，普通の会社の在庫管理のコンピュータ化を大規模にしたものである．また，銀行のオンライン・システムは，これまた普通の会社の日常業務のコンピュータ化を大規模にしたものにほかならない.

電話の普及もコンピュータのおかげである．もしコンピュータというものがなかったとしたら，おそらくいままでも，昔のように，電話は一部の高所得層の独占物であり続けたであろう.

しかし，現代社会あるいは現代文化におけるコンピュータの寄与は，このようなものだけにはとどまらない．すなわち，このほかにも，コンピュータなしではどうにもならない極めて重要なものがあるのである.

■コンピュータと科学・技術

それは，実は，いろいろの科学・技術である．たとえば，人工衛星なるものは，コンピュータなしでは存在し得ないものである．人工衛星は，ニュートン力学の法則に従って地球から飛び立ち，やがて地球の周囲をまわりはじめる．それを計画通りの軌道にもっていくのには，発射時点以降，たえずロケットの噴射量その他を手早く微調整し続けなければならない．それには，莫大な計算を必要とするが，それを人間がやっていたのでは手おくれになってしまう．答えが出るまでに何年あるいは何十年もの時間がかかるからである．

人工衛星が，いまや放送や，地球・宇宙の観測などになくてはならないものとなっていることを考えれば，コンピュータの効用がいかに大きいかがわかるであろう．

純粋な学問の分野でも，その活躍はめざましい．人文科学や社会科学の多くの分野では，これまでは手のつけようのなかった膨大なデータの処理が可能となり，それらの科学の対象の数学モデルをより詳細に記述し，それを分析し，さらにそれをよりよいものに改良していく道が開けてきた．すなわち，それらの分野の「数理科学化」が大幅に進行しはじめたのである．

また，科学の種々の分野と計画数学とが合体することによって，各種の「計画科学」が実際に応用可能となってきたことも注目に値する．これらの科学では，対象の数学モデルはさほど精密なものでなくてもよいのである．たとえば，ある交差点での信号の変更の時間間隔をどのようにすればよいかを知るには，各時間帯ごとの交通量のデータを集めさえすればよい．というのは，あとは，コンピュータ内で架空の実験をくりかえすことによって，ほぼ使用にたえる答えを確定することができるからである．

このような架空の実験のことを「シミュレーション」という．このシミュレーションは，計画科学に限らず，多くの数理科学で極めて便利に用いられている有力な手段である．たとえば，星の進化についての仮説を実際の実験によってたしかめることはできない．しかし，シミュレーションなら可能であり，実際，これを用いて，その仮説がどのくらい妥当なものであるかを比較的手早く判断することができるのである．

■ CAIと自動診断

人間が知的作業をおこなう際，コンピュータを助手として使いうることも少なくない．

その代表的な例は，CAI（computer aided instruction，計算機による教育）と医学における自動診断とであろう．

学校教育は，これまで，教師が教室で数十人の生徒に向かって授業をする，という形でおこなわれてきた．CAIというのは，これをコンピュータに，より効率よくおこなわせようというものである．

ブラウン管に説明文と質問とが現れる．生徒はそれを読み，かつ解く．そしてその答えを指定された仕方でコンピュータに入れる．それが正しければ次の場面が出る．正しくなければ，その誤りを自覚させるための説明文と質問とが出る．必要とあれば，前の段階のことの再認識に帰ることもある．こうして，まったく個別的な教育がおこなわれていくということである．

しかし，この目標を達成するのは非常に難しい．まず，そのようなシステムの基礎になる「プログラム」をつくるのに莫大な労力がかかる．しかもその作成者は，生徒側におこりうるあらゆる反応を知りつくした超ベテランの教育者でなければならない．そのような人は少ないであろう．

したがって，目下のところこのCAIは，従来の形での授業との併用を前提としたものがもっとも現実的であろうと考えられている．そしてまた，目標をそこらあたりまでおろしてしまえば，かなり有用なものができるのではないかと思われる．

自動診断にもいろいろな問題がある．病名が，一定の臨床検査データだけから確実に決定できる場合はよい．その場合は，要するに，人間がおこなう「機械的」な作業をコンピュータに代行させるだけの話であるから，むしろ能率もよくなるし，誤診も少なくなる．しかし，一定の臨床検査データだけからそうであるかないかが確実にわかる病気は少ないであろう．したがって，目下のところ，これは，臨床検査データの異常をコンピュータに発見させ，本物の医師の参考に供するという段階にとどまっているようである．

しかし，逆に，その程度の期待しか抱かなければ，かなり便利なチェック・システムをつくることも可能なのではないかと思われる．

以上の2つからわかることは，人間の経験的判断が仕事の中で占める分量が多くなるにつれて，それをコンピュータ化することが次第に難しくなるということである．

■人工知能

人間の経験的判断を必要とする仕事をコンピュータ化することが難しいのは，実は，コンピュータという機械の本質と深い関係のあることなのである．すなわち，ここにコンピュータの理論的な限界が現れているのだといえるのである．

前にも述べたように，コンピュータは人間のあたえたプログラムに従って忠実に動く．それ以外のことは絶対にしない．であるから，人間の経験的判断を必要とすることをコンピュータにおこなわせたいのならば，その判断の仕方をプログラムに組み込んで，コンピュータがその通りにすればよいようにしておかなければならないであろう．

しかし，人間の経験的な判断がどのようにしておこなわれるかは，非常に難しい問題である．

たとえば，人間は，かなり乱暴に書かれた字でも，結構何とか読むことができる．しかし，郵便番号の読み取り機は，たった10個の数字しか扱わなくてもよいにもかかわらず，時々誤読をしたり，読めなかったりする．この読み取り機の中には，これこれこのようなときは0と読め，これこれこのようなときは1と読め，という実に親切かつ膨大なプログラムが組み込まれている．にもかかわらず，こうなのである．

人間は一体どのようにして字を判読するのであろうか．これがわからない限り，あるいは，それに匹敵するようなうまい判読の仕方を考え出さない限り，コンピュータに人間なみに字の判読をおこなわせることはできないであろう.

また, 周知のように, 幼児は極めて短い期間でしゃべることをおぼえる. あの言葉の学習の仕組みは, 一体どのようなものなのであろうか.

現在のコンピュータの専門家の関心事の1つに「機械翻訳」がある. つまり, コンピュータに, たとえば日本語を英語に翻訳させようというわけである. その際, 考えうるほとんど唯一の方法は, 和英辞典と国文法と英文法とをプログラムに組み込むということであろう. しかし, 実はそれだけでは駄目なのである. 同じ単語でも, 前後関係でいろいろと違った意味をもつことがある. また, 同じ形の文でも, 前後関係でいろいろと違った文法的性格をもつことがある. だが, 他方, ともかくも, こういうときにはこう訳す, ああいうときにはああ訳す, という唯一通りの指令をあたえない限りコンピュータは動かないのである. したがって, 機械に翻訳をさせるためには, まず, 人間の言葉の理解がどのようにおこなわれるかを徹底的に解明するか, さもなければ, それに匹敵するうまい理解の仕方を考え出すしか方法がないのである.

一般に, コンピュータにある種の知能をあたえようという研究を「人工知能」の研究というのであるが, これは上の例からも察せられるように, いずれも極めて難しい. それは, そもそも, コンピュータにあたえるべきプログラムを組むことができないからである.

ここには，学者たちを挑発する魅力的な問題がたくさんある．しかし，それらはもはやコンピュータの専門家だけに対するものではない．「人工知能」あるいはさらに広く「知能」ということに関心をもつすべての学者に対するものなのである．

現代の社会は，たしかに情報化社会というにふさわしい社会である．そして，社会の情報化はますます進み，それにともなってわれわれの生活はますます便利になっていくことであろう．しかし，われわれは，コンピュータの限界がどこにあるかをはっきりと見きわめておかなくてはならない．楽天的にすぎる未来像を描かないためにもこれは大切なことである．

これからの人間と数学

■アルゴリズム

われわれは，数学がどのようなものであるかを見てきた．また，数学が他の科学とどのような関係にあるかや，コンピュータがどのようなものであり，社会でどのような役割を果たしているかをも見てきた．

このことから，これからの人間に対して数学がどのような役割を果たすかをおおまかに推測することができる．

まず，情報化社会の進展にともない，われわれの身辺はますますコンピュータ化されるであろう．ひょっとすると，自分の仕事（の一部）を自分でコンピュータ化する必要もおこってくるかも知れない．そこまではいかないとしても，専門家に自分の仕事（の一部）のコンピュータ化を「依頼」する必要がおこる公算はかなり高い．そのような必要に対処するには，専門家がプログラムを組めるよう，コンピュータ化すべき仕事の手順をよく説明することができなくてはならないであろう．一般に，プログラムに組むことができるためには，その手順はきちんとしたものでなくてはならない．つまり，何の次に何をするかが明確に定まっているようなものでなくてはならない．もちろん，何かをおこなった際，次におこなうことが，現在おこなったことの結果によって違ってくることはかまわない．しかし，どうしたらよいかわからないようなことには，決しておこなってはならないのである．

一般に，そのような手順のことを「アルゴリズム」という．上にも述べたように，これからの人間には，いわゆる「機械的」な仕事を，このような意味での「アルゴリズム」として表現する能力が絶対に必要になってくるであろう．それがなければ，情報化社会の進展についていくことができなくなるのである．

しかし，それは少しも難しいことではない．

小学校の算数の四則計算の手順は，アルゴリズムのもっとも典型的な例である．われわれは，これをいつの間にか覚え，ほとんど意識しないで用いているが，これからの人は，これらのアルゴリズムを「人に伝えることができる」ように練習しなければならない．そのような練習が，機械的な手順をアルゴリズムとして表現する能力を育てるのである．そしてまた逆に，その程度の練習で，十分，事は足りるのである．

算数での四則計算の練習は，いわゆる「電卓」の登場によって，その実用上の効用をかなりの程度失ってしまった．しかし，これらの練習は，四則計算のアルゴリズムを理解するために欠くことのできないプロセスである．すなわち，練習なしにそれらのアルゴリズムを理解することは，ほとんど不可能なことなのである．したがって，これらの練習は，その目標は変わるにしても，重要な教育内容としての地位は今後も決して失わないであろう．

■数学と科学

すでに述べたように，現今，諸科学の数理化には極めていちじるしいものがある．そして，この傾向は今後ますます強まっていくであろうと想像される．したがって，やがては，現在あるような「文科」と「理科」との区別はほとんど意味をなさなくなってしまうであろう．もちろん，原理的にそのどの部分も数理化できないような学問もある．しかし，それは例外である．つまり，いま述べたことの趣旨は，やがて，学問を学ぶほとんどすべての人が何がしかの数学の素養を必要とするようになるであろうということなのである．

かつて数学は，数と図形の学問であった．それに対し，現代の数学はもっともっと多様である．しかし，その根本には依然として数と図形の概念がある．現代数学の取り扱ういろいろの数学的構造には，数の体系や，平面や空間といった幾何学的な体系を手本にしたものが非常に多い．したがって，数と図形の取り扱いがすべての基本なのである．

ところで，数と図形についての大切な事柄は，中学校の数学科の教育内容と高等学校の数学科の理科向けのコースの教育内容とを合わせたものとほとんど一致する．したがって，将来学問を学ぼうとする人は，是非ともこの程度の数学は身につけていなければならない．できれば，さらに，より現代数学らしい理論の初等的な部分を１つ２つ勉強しておくことが望ましい．そうすれば，自分の学ぶ学問で必要となる数学にごく自然になじんでいくことができるであろう．

■数学と人間

われわれは民主主義社会にすんでいる．いうまでもなく，民主主義の根本は対話と討論である．対話や討論は，感情的あるいは情緒的なものであってはならない．あくまでも，体系的・論理的な主張を述べ合い，理解し合い，必要とあれば１つの結論を出すべく努力するということでなくてはならない．

したがって，この民主主義社会を守り，かつこれをよりよいものにしていくためには，各人が体系的・論理的にものを考え，かつ述べ合う習慣を身につけることが必要である．ところで，すでに述べたように，体系的・論理的に考えるということは，まさに数学的に考えるということにほかならない.

であるから，この民主主義社会を守り，かつこれを育てていくためには，すべての人が数学を学び，数学的な考え方を身につけるべく努力することが必要なのである．この意味で，数学は，われわれにとって極めて大きな意義をもっているといえるであろう.

しかし，そのようなことをはなれても，数学は人類のすばらしい財産である．これを学ぶことは，その人をより豊かにすることは間違いない．なんとなれば，それはまさしく先人たちの英知の結晶なのだからである.

参考文献

参考文献は，本書の執筆にあたって参照した書物，ならびに，さらに深く学ぼうとする人に適当と思われる手に入りやすい書物を中心に選定した．

全般的なもの

[1]吉田洋一・赤 攝也『数学序説』(ちくま学芸文庫，2013)
ねらいは本書とほとんど同じであるが，本書よりもかなりくわしい．ただし，構成や取り上げている材料は本書とかなりくい違っている．

[2]F. カジョリ『初等数学史』上・下（小倉金之助訳，ちくま学芸文庫，2015)
初等数学の歴史を平易に解説したもの．有益な書物である．

[3]S. F. バーカー『数学の哲学』(赤 攝也訳，培風館刊のシリーズ「哲学の世界」中の1冊，1968)
数学の哲学的考察への入門書．少々程度が高いので，ゆっくり読む必要がある．

[4]R. L. ワイルダー『数学の文化人類学』(好田順治訳，海鳴社，1980)
数学を進化させてきた外的ならびに内的なストレスを追究しようとしたユニークな書．少々読みにくいが参考になる．

「1—数の形成」に関するもの

[2]，[4]が参考になる．

[5]吉田洋一『零の発見』（岩波新書，1939）
10進位取り記数法の起源，およびその歴史についての解説書．すでに高い声価をかちえた名著である．

「2—代数学の効用」に関するもの

[1]，[2]が参考になる．

[6]大矢真一，片野善一郎『数字と数学記号の歴史』（裳華房刊のシリーズ「基礎数学選書」中の1冊，1978）
数字と数学の記号の歴史を簡単に説明したもの．少々物足りないが参考になる．

「3—ギリシアの幾何学」に関するもの

[1]が参考になる．

[7]『ユークリッド原論』（中村幸四郎・寺阪英孝・伊東俊太郎・池田美恵訳，共立出版，1971）
ユークリッドの『原論』の訳．巻末に中村幸四郎氏による解説，および伊東俊太郎氏によるプロクロスの『幾何学史提要』の訳がついている．本書の44ページの引用文は後者からとった．

「4—幾何学的精神」に関するもの

[1]が参考になる．

[8]『パスカル』（前田陽一責任編集，中央公論社刊のシリーズ「世界の名著」中の一冊，1966）
前田陽一氏によるパスカルについての解説，および由木康氏による『幾何学的精神について』の訳が入っている．

[9]『デカルト』（野田又夫責任編集，中央公論社刊のシリー

ズ「世界の名著」中の1冊，1967）
野田又夫氏によるデカルトについての解説，および同氏による『方法序説』の訳が入っている．
[10]『デカルト著作集』1（白水社，1973）
三宅徳嘉・小池健男両氏による『方法序説』の訳，および三宅氏による解説が入っている．

「5—解析幾何学」に関するもの

[10]に，原亨吉氏によるデカルトの『幾何学』の訳，および解説が入っている．『幾何学』は，デカルトが解析幾何学の考え方を発表した歴史的文献である．（ちくま学芸文庫，2013）

「6—ニュートン力学」に関するもの

[11]村上陽一郎『物理科学史』（放送大学教育振興会，1985）
ニュートン力学および機械論的自然観の成立のいきさつが非常に明快に説明されている．
[12]『ニュートン』（河辺六男責任編集，中央公論社刊のシリーズ「世界の名著」中の1冊，1971）
河辺六男氏によるニュートンについての解説，および『プリンキピア』の訳である．
[13]原島鮮『力学I』（裳華房，1973）
ニュートン力学を現代的な立場から解説した好著．ただし，これを読むのには微分積分学についての若干の知識が必要である．

「7—解析学とその基礎」に関するもの

[1]，[13]が参考になる．
[14]柴田敏男『微分積分』（培風館刊のシリーズ「現代数学レクチャーズ」中の1冊，1978）

微分積分学への入門書.
[15]赤 攝也『集合論入門』（ちくま学芸文庫，2014）
集合論への入門書.
[16]彌永昌吉『数の体系』上・下（岩波新書，上1972・下1978）
解析学の基礎である数の概念を非常に明快に解説した好著.

「8―射影幾何学と理想的要素」に関するもの
[17]小松醇郎『いろいろな幾何学』（岩波新書，1977）
射影幾何学についての解説がある.

「9―非ユークリッド幾何学と公理主義」に関するもの
[1]，[17]が参考になる.
[18]寺阪英孝『非ユークリッド幾何学の世界』（講談社刊のシリーズ「ブルーバックス」中の1冊，1977）
非ユークリッド幾何学についての解説がある.

「10―確率論」に関するもの
[19]赤 攝也『確率論入門』（ちくま学芸文庫，2014）
[20]武隅良一『確率』（培風館刊のシリーズ「現代数学レクチャーズ」中の1冊，1978）
*両者とも，確率論への入門書.

「11―構造主義と数理科学」に関するもの
[21]『情報処理のための数学』（赤 攝也・後藤英一・伊理正夫・広瀬 健編，共立出版，1975）
本書の巻頭の論説「概論」（赤 攝也執筆）に数学的構造についての解説がある．予備知識は高等学校程度の数学の知識だけで足りるが，少々程度が高いので，ゆっくり読む必要があ

る.

「12—コンピュータ」に関するもの

[22]赤 攝也・藤川洋一郎『電子計算機入門』(培風館刊のシリーズ「新数学シリーズ」中の1冊, 1966)

[23]赤木昭夫・加賀美鉄雄『電子計算機』(培風館刊のシリーズ「現代数学レクチャーズ」中の1冊, 1980)

＊両者とも, コンピュータへの入門書. [23]のほうが現代的であるが, [22]も捨てがたい. [23]を読んでから[22]を読めば, コンピュータの進歩には極めていちじるしいものがあるにもかかわらず, その原理は少しも進歩していないことがわかる.

[24]H. H. ゴールドスタイン『計算機の歴史』(末包良太・米口肇・犬伏茂之訳, 共立出版, 1979)

コンピュータが生まれ出るまでの前史と, それが生まれてから1957年に至るまでの発展の歴史が, 興味深く, かつ正確に述べられている.

「13—数理統計」に関するもの

[25]西平重喜『統計調査法(改訂版)』(培風館刊のシリーズ「新数学シリーズ」中の1冊, 1985)

数理統計への入門書.

「14—計画数学」に関するもの

[26]木戸睦彦『線形計画法』(培風館刊のシリーズ「現代数学レクチャーズ」中の1冊, 1980)

線形計画法への入門書. なお,「線形」と「線型」とは同義語である.

「15—数学と社会」に関するもの

[27]『共立総合コンピュータ辞典』(山下英男監修, 日本ユニバック総合研究所編, 共立出版, 1976)
コンピュータの種々の応用についての解説がある.

文庫化に際して

『数学と文化』が文庫化されることになった．私にとっては大変嬉しいことである．さらになにがしかの読者を得て数学と文化との関わり合いがより広く知られるとすれば，私の当初の目的はいっそう進むわけでこんなに喜ばしいことはない．

中学校の学習指導要領をご覧になればわかるように，数学とは，記号の運用方法である代数とわれわれの身辺にある図形の研究である幾何学との結合帯である．したがって，数学教育をより良いものにしようとするならば，代数と幾何の考え方をよりよく学べるようにすれば良いわけで，他に答えはない．

代数も幾何も文化から生まれた．その文化の発展とともに当然数学も進化し，今や現代数学は急速に発展しつつある．それに伴って数学教育も現代化されなければならない．そのためには，計算力とか図形の観察力等，より具体的建設的な仕方で代数と幾何を身につけることが望ましい．それによって数学的考え方が身につくのであるから．本書がその一助となれば幸いである．

この本を執筆した当時すでに予想したように，三十余年を経た今日「情報化」の趨勢は止まるところを知らない．現にこの原稿も PC で書き，E メールで送信する次第である．なんと便利なことよ…….

2019 年 11 月 3 日（文化の日）

赤 攝也

（編集部より　本書の著者・赤攝也氏は，この「文庫化に際して」のご執筆の翌日逝去されました．謹んでご冥福をお祈り申し上げます．）

索　引

＊は人名

た　行

な　行

は　行

ま 行

や・ら 行

わ 行

この作品は一九八八年一〇月、筑摩書房より刊行された。

パスカル　数学論文集
ブレーズ・パスカル
原亨吉訳

「パスカルの三角形」で有名な「数三角形論」ほか、「円錐曲線論」「幾何学的精神について」など十数篇の論考を収録。世界的権威による翻訳。（佐々木力）

幾何学基礎論
D・ヒルベルト
中村幸四郎訳

20世紀数学全般の公理化への出発点となった記念碑的著作。ユークリッド幾何学を根源まで遡り、斬新な観点から厳密に基礎づける。（佐々木力）

和算の歴史
平山諦

関孝和や建部賢弘らのすごさと弱点とは。そして和算がたどった歴史とは。和算研究の第一人者による簡潔にして充実の入門書。（鈴木武雄）

素粒子と物理法則
R・P・ファインマン／S・ワインバーグ
小林澈郎訳

量子論と相対論を結びつけるディラックのテーマを対照的に展開したノーベル賞学者による追悼記念講演。現代物理学の本質を堪能させる三重奏。

ゲームの理論と経済行動Ⅰ（全3巻）
ノイマン／モルゲンシュテルン
銀林／橋本／宮本監訳
阿部／橋本訳

今やさまざまな分野への応用いちじるしい「ゲーム理論」の嚆矢とされる記念碑的著作。第Ⅰ巻はゲームの形式的記述とゼロ和2人ゲームについて。

ゲームの理論と経済行動Ⅱ
ノイマン／モルゲンシュテルン
銀林／橋本／宮本監訳
銀林／下島訳

第Ⅰ巻でのゼロ和2人ゲームの考察を踏まえ、第Ⅱ巻ではプレイヤーが3人以上の場合のゼロ和ゲーム、およびゲームの合成分解について論じる。

ゲームの理論と経済行動Ⅲ
ノイマン／モルゲンシュテルン
銀林／橋本／宮本監訳
銀林／宮本訳

第Ⅲ巻では非ゼロ和ゲームにまで理論を拡張。これまでの数学的結果をもとにいよいよ経済学的解釈を試みる。全3巻完結。（中山幹夫）

計算機と脳
J・フォン・ノイマン
柴田裕之訳

脳の振る舞いを数学で記述することは可能か？　現代のコンピュータの生みの親でもあるフォン・ノイマン最晩年の考察。新訳。（野﨑昭弘）

数理物理学の方法
J・フォン・ノイマン
伊東恵一編訳

多岐にわたるノイマンの業績を展望するための文庫オリジナル編集。本巻は量子力学・統計力学など物理学の重要論文四篇を収録。全篇新訳。

高等学校の基礎解析　黒田孝郎／森毅／小島順／野﨑昭弘ほか

わかってしまえば日常感覚に近いものながら、数学挫折のきっかけの微分・積分。その基礎を丁寧にひもといた再入門のための検定教科書第2弾！

高等学校の微分・積分　黒田孝郎／森毅／小島順／野﨑昭弘ほか

高校数学のハイライト「微分・積分」！　その入門コース『基礎解析』に続く本格コース。公式暗記の学習からほど遠い、特色ある教科書の文庫化第3弾。

トポロジーの世界　野口廣

ものごとを大づかみに捉える！　その極意を、数式に不慣れな読者との対話形式で、図を多用し平易・直感的に解き明かす入門書。（松本幸夫）

エキゾチックな球面　野口廣

7次元球面には相異なる28通りの微分構造が可能！フィールズ賞受賞者を輩出したトポロジー最前線を臨場感ゆたかに解説。（竹内薫）

数学の楽しみ　テオニ・パパス　安原和見訳

ここにも数学があった！　石鹸の泡、くもの巣、雪片曲線、一筆書きパズル、魔方陣、DNAらせん……。イラストも楽しい数学入門150篇。

相対性理論(下)　W・パウリ　内山龍雄訳

アインシュタインが絶賛し、物理学者内山龍雄をして、研究を措いてでも訳したかったと言わしめた、相対論三大名著の一冊。（細谷暁夫）

物理学に生きて　W・ハイゼンベルクほか　青木薫訳

「わたしの物理学は……」ハイゼンベルク、ディラック、ウィグナーら六人の巨人たちが集い、それぞれの歩んだ現代物理学の軌跡や展望を語る。

調査の科学　林知己夫

消費者の嗜好や政治意識を測定するとは？　集団特性の数量的表現の解析手法を開発した統計学者による社会調査の論理と方法の入門書。（吉野諒三）

ポール・ディラック　アブラハム・パイスほか　藤井昭彦訳

「反物質」なるアイディアはいかに生まれたのか、そしてその存在はいかに発見されたのか。天才の生涯と業績を三人の物理学者が紹介した講演録。

数学的に考える　キース・デブリン　冨永星訳
ビジネスにも有用な数学的思考法とは？　言葉を厳密に使う、量を用いて考える、分析的に考えるといったポイントからとことん丁寧に解説する。

物理の歴史　朝永振一郎編
湯川秀樹のノーベル賞受賞。その中間子論とは何なのだろう。日本の素粒子論を支えてきた第一線の学者たちによる平明な解説書。（江沢洋）

代数的構造　遠山啓
群・環・体など代数の基本概念の構造を、構造主義の歴史をおりまぜつつ、卓抜な比喩とていねいな計算で確かめていく抽象代数学入門。（銀林浩）

現代数学入門　遠山啓
現代数学、恐るるに足らず！　学校数学より日常の感覚の中に集合や構造、関数や群、位相の考え方を探る大人のための入門書。（エッセイ　亀井哲治郎）

代数入門　遠山啓
文字から文字式へ、そして方程式へ。巧みな例示と丁寧な叙述で「方程式とは何か」を説いた最晩年の名著。遠山数学の到達点がここに！（小林道正）

生物学の歴史　中村禎里
進化論や遺伝の法則は、どのような論争を経て決着したのだろう。生物学とその歴史を高い水準でまとめあげた壮大な通史。充実した資料を付す。

不完全性定理　野﨑昭弘
事実・推論・証明……。理屈っぽいとケムたがられる話題を、なるほどと納得させながら、ユーモアたっぷりにひもといたゲーデルへの超入門書。

数学的センス　野﨑昭弘
美しい数学とは詩なのです。いまさら数学者にはなれないけれどそれを楽しめたら……。そんな期待に応えてくれる心やさしいエッセイ風数学再入門。

高等学校の確率・統計　黒田孝郎／森毅／小島順／野﨑昭弘ほか
成績の平均や偏差値はおなじみでも、実務の水準とは隔たりが！　基礎からやり直したい人のために伝説の検定教科書を指導書付きで復活。

ガウスの数論　高瀬正仁

青年ガウスは目覚めとともに正十七角形の作図法を思いついた。初等幾何に露頭した数論の一端！ 創造の世界の不思議に迫る原典講読第2弾。

量子論の発展史　高林武彦

世界の研究者と交流した著者による量子理論史。その物理的核心をみごとに射抜き、理論探求の醍醐味を生き生きと伝える。新組。（江沢洋）

高橋秀俊の物理学講義　高橋秀俊／藤村靖

ロゲルギストを主宰した研究者の物理的センスとは。力について、示量変数と示強変数、ルジャンドル変換、変分原理などの汎論四〇講。（田崎晴明）

物理学入門　武谷三男

科学とはどんなものか。ギリシャの力学から惑星の運動解明まで、理論変革の跡をひも解いた科学論。三段階論で知られる著者の入門書。（上條隆志）

数は科学の言葉　トビアス・ダンツィク　水谷淳訳

数感覚の芽生えから実数論・無限論の誕生まで、数万年にわたる人類と数の歴史を活写。アインシュタインも絶賛した数学読み物の古典的名著。

一般相対性理論　P・A・M・ディラック　江沢洋訳

一般相対性理論の核心に最短距離で到達すべく、卓抜した数学的記述で簡明直截に書かれた天才ディラックによる入門書。詳細な解説を付す。

幾何学　ルネ・デカルト　原亨吉訳

哲学のみならず数学においても不朽の功績を遺したデカルト。『方法序説』の本論として発表された『幾何学』、初の文庫化！（佐々木力）

不変量と対称性　今井淳／寺尾宏明／中村博昭

変えても変わらない不変量とは？ そしてその意味や用途とは？ ガロア理論や結び目の現代数学に現われる、上級の数学センスをさぐる7講義。

数とは何かそして何であるべきか　リヒャルト・デデキント　渕野昌訳・解説

「数とは何かそして何であるべきか？」「連続性と無理数」の二論文を収録。現代の視点から数学の基礎付けを試みた充実の訳者解説を付す。新訳。

若き数学者への手紙　イアン・スチュアート　冨永星訳

研究者になるってどういうこと？　現役で活躍する数学者が豊富な実体験を紹介。数学との付き合い方から「してはいけないこと」まで。（砂田利一）

飛行機物語　鈴木真二

なぜ金属製の重い機体が自由に空を飛べるのか？その工学と技術を、リリエンタール、ライト兄弟などのエピソードをまじえ歴史的にひもとく。

集合論入門　赤攝也

「ものの集まり」という素朴な概念が生んだ奇妙な世界、集合論。部分集合・空集合などの基礎から、丁寧な叙述で連続体や順序数の深みへと誘う。

確率論入門　赤攝也

ラプラス流の古典確率論とボレル-コルモゴロフ流の現代確率論。両者の関係性を意識しつつ、確率の基礎概念と数理を多数の例とともに丁寧に解説。

現代の初等幾何学　赤攝也

ユークリッドの平面幾何を公理的に再構成するには？　現代数学の考え方に触れつつ、幾何学が持つ面白さも体感できるよう初学者への配慮溢れる一冊。

現代数学概論　赤攝也

初学者には抽象的でとっつきにくい〈現代数学〉。「集合」「写像とグラフ」「群論」「数学的構造」といった基本的概念を手掛かりに概説した入門書。

微積分入門　W・W・ソーヤー　小松勇作訳

微積分の考え方は、日常生活のなかから自然に出てくるもの。∫や lim の記号を使わず、具体例に沿って説明した定評ある入門書。（瀬山士郎）

新式算術講義　高木貞治

算術は現代でいう数論。数の自明を疑わない明治の読者にその基礎を当時の最新学説で説く。「解析概論」の著者若き日の意欲作。（高瀬正仁）

数学の自由性　高木貞治

大数学者が軽妙洒脱に学生たちに数学を語る！　60年ぶりに復刊された人柄のにじむ幻の同名エッセイ集を含む文庫オリジナル。（高瀬正仁）

ちくま学芸文庫

数学と文化

二〇二〇年二月十日　第一刷発行

著者　赤 攝也（せき・せつや）
発行者　喜入冬子
発行所　株式会社 筑摩書房
東京都台東区蔵前二―五―三　〒一一一―八七五五
電話番号　〇三―五六八七―二六〇一（代表）
装幀者　安野光雅
印刷所　大日本法令印刷株式会社
製本所　加藤製本株式会社

ISBN978-4-480-09970-9 C0141